渭生 著

草露集

陕西新华出版传媒集团
太白文艺出版社·西安

图书在版编目（CIP）数据

草露集 / 金渭生著. -- 西安：太白文艺出版社，
2019.11（2023.2重印）
ISBN 978-7-5513-1725-2

Ⅰ.①草… Ⅱ.①金… Ⅲ.①诗集－中国－当代
Ⅳ.①I227

中国版本图书馆CIP数据核字（2019）第234763号

草露集
CAO LU JI

作　　者　金渭生
责任编辑　刘　涛　林　兰
封面设计　李渊博
版式设计　董文秀
出版发行　陕西新华出版传媒集团
　　　　　太白文艺出版社
经　　销　新华书店
印　　刷　三河市嵩川印刷有限公司
开　　本　787mm×1092mm　1/16
字　　数　197千字
印　　张　13.75
版　　次　2019年11月第1版
印　　次　2023年2月第3次印刷
书　　号　ISBN 978-7-5513-1725-2
定　　价　39.00元

联系电话：029-81206800
出版社地址：西安市曲江新区登高路1388号（邮编：710061）
营销中心电话：029-87277748　029-87217872

草露点滴映射出的金色人生（序）

第一眼看见《草露集》初稿是在去年公司召开的一次座谈会上。老金当时和我坐在一起，看见他拿出的一沓诗稿，我随意过目几首便喜欢上了这本诗集。最打动我的也许并非其中精彩的词句，虽然我本身对诗词算不上内行，但是这几百首诗词记录的美好生活和充满正能量的人生态度，乐观向上、善良博大的诗人情怀则让我对作者充满敬佩和感动。

古人说"文如其人"，然如老金的为人与其诗词意境之相投，在我个人的领悟和感受中却是很少见的。与老金共事多年，最大的感受不外乎三点：一是做事雷厉风行绝不拖泥带水，再难的事情和困难在他那里都不是问题。二是乐观风趣随和大气，哪里有老金，哪里就有笑声和乐趣。三是平易近人，用心做事，以情动人，受人爱戴。无论是在公司最基层做管理工作，还是负责企业文化再造根植人心的大工程；无论是担任总经理助理肩负纪委保驾护航企业发展的重任，还是在企业转型的重大历史时刻，老金都发挥了重要作用。最难忘在陕鼓与西仪、西锅融合的艰难过程中，面对不一样的历史不一样的地域，不一样的现状不一样的心情，不一样的文化不一样的心态，很多复杂的历史遗留问题需要解决，真可谓千头万绪，困难重重。"员工接待日"这个烫手山芋不得不落在他的手里，每个周五接待日，他都要组织研究员工的诉求，遇到难题，甚至要连续开会十多个小时，所有问题都要做到不逾周不过夜。那段时间，老金带领其他同事，夜以继日地接待员工，倾听他们的诉说，了解他们的诉求，一页一页地去查找档案记录，还原长达几十年的一些历史情况，在政策范围内尽最大努力解决员工的合理诉求。对于一些不合理的要求也耐心地解释，往往一件事、一个人就要谈几个小时，经常还得反复做工作。在不同企业文化不断走向融合的发展过程中，他负责的员工沟通工作做到了来访诉求回复率百分之百，解决问题反馈信息率百分之九十五以上。那段岁月，我个人的感觉，在保障陕鼓平稳发展中老金做出了积极贡献。也许正是这段经历、这段历史给了老金和许多陕鼓人脱胎换骨的历练，造就了深厚的文化底蕴，或者说是陕鼓文化成就了老金如此的人生态度和乐观情怀。这样也就不难理解《草露集》在我心里的美好与意义了，同时也是我对这本诗集的独钟之处。

人生的美好在于每个阶段的精彩。每次见到老金，都感觉他精神特别好，无论是在职期间还是退休以后，他都是激情不减、状态不变。我常常在想，是什么样的感情让老金可以长期从事这样一件并不是很能出彩的事情？甚至在退休之后又接受返聘继续做着这项工作。读了他的诗作，我就更加明白了，这一切都源于老金对于企业、对于员工的感情，对于生活、对于自然的热爱。

诗人老金六十五岁解甲归田，开始了属于自己的退休生活。从《草露集》的每一首诗歌中皆可窥视出他生活的美好和惬意，可以读懂他若谷的胸怀和博爱的善良，可以感受到他积极向上、知足常乐的人生态度。高山、大海、草原、湖泊，有他情不自禁的壮士颂歌；落日余晖、星辰月影，有他低吟长叹心灵深处的感悟；一草一木一花一露，流淌着其心底泉水般的清澈透明。感慨动容他为落红哭泣，为英雄赞歌的多情！微信朋友圈里我常常看到老金潇洒来去，随手的诗歌百行之句，也为他斗转天南、气吞山河之词感慨感动。还有什么比这种人生态度和心胸情怀更让人羡慕赞赏呢！期盼老金更多的诗集问世，祝福老金以诗歌艺术的形式，书写出自己更加"金"彩圆满的人生！

印建安

二〇一九年六月六日

印建安，工学博士，国家制造强国建设战略咨询委员会委员、中国绿色制造联盟战略咨询委员会委员。陕西鼓风机（集团）有限公司原党委书记、董事长，西安陕鼓动力股份有限公司原董事长。

CONTENTS
目录

华 山

——忆登华山

西岳太古千万年，巨灵劈山威名传。^①

沉香救母斧犹在，^②萧史弄玉龙凤缘。^③

壁立千仞奇绝险，剑指苍穹凌霄前。

松虬入云波涛卷，苍龙长卧千阶悬。

渺若丝带长河远，映日仙掌到眼前。

举手摘得星辰月，壮美河山一宝莲。

二〇一三年四月二十五日

【注释】

①传说华山与首阳山本为一体，有一年洪水泛滥，山下百姓庄稼被淹，家园无存。玉皇大帝视之不忍，派巨灵神救之。巨灵神力大无比，手推华山，脚蹬首阳山，将两山分开，使得洪水飞泻而下直奔东海。

②传说三圣母触犯天条与凡人刘玺相爱，私自成婚生下沉香。三圣母被其兄二郎神杨戬压在华山西峰巨石之下。沉香长大知道真相决心救母，练成武功，战败二郎神，夺得铁斧，奋力劈开巨石，救出母亲，一家得以团聚。

③弄玉为秦穆公的女儿，在华山修行，与书生萧史笙箫结缘，相爱成婚。两人一起修炼成仙，萧史乘龙，弄玉跨凤，飞天而去。

友游敦煌记

友人游敦煌，我亦神往。游览者发回图片分享，感同身受，遂记之。

友人西行到玉门，敦煌瑰宝摄心魂。

琵琶袅袅飞天美，莫高千佛金光轮。

鸣沙长奏大漠曲，月牙泓泉映星辰。

幻海神奇雅丹趣，白马塔铃声声闻。

驼峰辉染霞满天，沙洲笑迎夜游人。

莫言西域苍凉景，而今繁华胜渭城。

二〇一三年五月八日

登山有感

绿草小花竞争艳，灌木丛里鸟雀欢。

松柏林涌宫檐现，上善湖清水映天。

柿黄榴红花满山，桃子杏儿果正繁。

石阶小径登高去，沧海桑田花木间。

曾经荣辱繁华地，温泉流淌千万年。

今非昔比歌盛世，约友明日再喊山。

二〇一三年五月二十一日

登骊山①

红霞映照骊骏天，临潼美名天下传。

炼石补天遗迹在，磨盘沟里生灵抟。

千金难买褒姒②笑，烽火台上起狼烟。

秦皇不见奇迹在，军阵屹立两千年。

华清宫里温汤暖，帝王何曾惜红颜？

比翼齐飞留诗句，连理树下作笑谈。

兵谏壮举垂千古，民族大义勇承担。

何来明圣佑盛世？人心大道是自然。

郁郁松柏花满山，石榴花红果更甜。

回望新城如画卷，登高更有一重天。

二〇一三年五月十一日

【注释】

①骊山：位于陕西省西安市临潼区城南，秦岭支脉，文物古迹众多，自然风光秀丽，既是一座天然地质公园，又是一幅千年历史画卷。

②褒姒：周幽王第二任王后。

汤峪温泉

南山幽雅抱古泉，汤峪碧波映终南。

廊桥两岸次第看，水面湖边尽笑颜。

氤氲袅袅池水暖，更有石苑好休闲。

楼阁旖旎接山远，温汤潇洒画中仙。

二〇一三年五月二十五日

雨中登骊山

雨丝轻拂面，湖水泛微澜。

山静石兀现，老君影绰前。

蜗牛阶上卧，雊雀丛里钻。

绿叶珠玉浮，松针水晶悬。

雾起山不见，云去倏忽间。

满眼皆青翠，醉美雨中仙。

二〇一三年五月三十日

寄 望

——写在朋友爱女即将走上工作岗位之际

严家有女忽长成，婕子告别大学城。

眼前犹忆童稚趣，"四脚"谜语①伴出行。

时光岁月如梭去，小树已成大梧桐。

未来可期行当远，来日定会大有成。

二〇一三年六月九日

【注释】

①四脚朝上，四脚朝下，两头冒汗，中间哼哼（打一农事情景）。

酸 枣

生长在崖畔，野花来相伴。

秋天果不香，春天花不艳。

不争肥沃土，不羡高枝干。

耐得暑和寒，结下玉珠串。

果酸自带甜，花碎有蜂恋。

粒粒圆而润，傲视铜钱贱。

雀儿鸣晨曲，山风送入眠。

沟壑白云间，点点红艳艳。

二〇一三年端午

骊山早秋

癸巳①夏阳赛火龙，

时至早秋盼凉风。

满眼依然葱茏绿，

山间酸枣已花红。

二〇一三年八月二十日

【注释】

①癸巳：二〇一三年为农历癸巳年。

郧西①三首

龙潭河

金蛙望杏②分劳燕，强梁龙子毁姻缘。

重重飞瀑节节下，曲桥座座有美谈。

风光不让雁荡美，一龙飞舞山岭前。

更有溶洞天造化，珠帘吐箭伴休闲。

五龙河③

五龙飞来降甘霖，枫杨曲径藤遮阴。

天乐漫步忘忧走，碧潭清流接瀑群。

飞龙清溪鱼正戏，巨石兵阵忽摇旗。

织女谷中曾沐浴，将军岭上战鼓擂。

九寨惊羡五龙美，欲邀携手上昆仑。

七夕广场

无情天河今有情，牵手牛郎织女星。

何须七夕鹊桥会，明月高照彩虹灯。

五彩丝线连日月，一把金梭爱意浓。

更有松石绿似玉，吉祥如意伴君行。

二〇一三年六月十六日

【注释】

①郧西：中国七夕文化的发源地，有许多美丽的传说故事。

②金蛙望杏：讲的是古时候一个叫金娃的青年和一个叫银杏的姑娘相爱，但龙王的儿子看上了银杏，银杏宁死不从。龙王儿子一怒之下，将金娃变成石头青蛙，将银杏变成一棵杏树。金蛙望杏遂成一景。

③五龙河：五龙河景区由五段河谷组成，分别是天乐谷、飞龙谷、织女谷、封神谷、忘忧谷，每段河谷有不同景色，被誉为"小九寨沟"。

别邓总^①

少小离家乡，苦读好儿郎。

响应国家计，毅然出三湘。

陕鼓蓝图上，曾将热汗淌。

基建设备装，质量管理创。

生产勤保障，技术管理强。

为人正且直，耿耿有衷肠。

生活勤俭朴，工作细又详。

疾恶无媚骨，热心助人忙。

无私不自顾，病魔惹身上。

苦斗十余载，身心俱疲伤。

病榻难言语，尚念他人忙。

今兄西归去，音容在眼旁。

魂魄托日月，肝胆两茫茫。

天有龙鹤舞，地有百花香。

魂牵梦绕地，明天更辉煌。

二〇一三年六月二十五日

【注释】

①邓总：邓贵彬，陕鼓集团原总机械动力师。一九六八年从湖南大学毕业后来到陕鼓，先后在技术和设备、生产、质量管理等多岗位工作。

笔墨豪情

——观天翔①兄挥毫有感

稍思气韵凝，笔端墨饱浓。

起势力千钧，字走如飞虹。

忽然斧劈山，悠悠丝带情。

跌宕起伏处，鹤舞伴翔龙。

一泻千里远，如闻水瀑声。

诗书田园美，又起大漠风。

纸上天地阔，一抹流云平。

书坛独一帜，无愧怪杰名。

二〇一三年入伏日

【注释】

①天翔：张天翔，书法家，陕西蒲城人，渭南市政协委员，陕西书画艺术研究院副院长，陕西书画院副院长。

秋日骊山

柿树枝头火晶红，石榴绽嘴笑盈盈。

天高久违南飞雁，五彩衣装层峦峰。

农家应时忙收种，游人自在画中行。

秋山处处迷人醉，赏景何须晚照亭。

二〇一三年九月十三日

骊山单子会①

骊山古会有渊源，拜庙香客竞向前。

求子求财求平安，老母高坐绽笑颜。

八方来客人流满，山路林边货摊全。

卖吃卖喝卖东西，吊床单子铺满山。

补天女娲今圣诞，垃圾遍地惹人烦。

人来人往人上下，举止文明待何年？

二〇一三年七月二十日

【注释】

①单子会：传说农历六月十三日是送子神仙骊山老母的生日，骊山当地每年都要举行为期三天的庆祝活动，人们成群结队到骊山老母殿烧香，求子求福，许愿还愿。许多人为表心诚带床单在山上过夜，所以老百姓把这一古老庙会活动叫作"单子会"。

烽台夜雨

——夜登烽火台遇雨记

幽王买笑戏烽台，远客思古共登来。

满城灯火照天外，晚风送我上高台。

举头观天云舒卷，眼前忽暗起雾霭。

缥缈云涌凌波客，山雨欲来风满台。

我欲跨马乘风去，拍环呼叫天门开。

雨神腾云忽已至，大珠小珠劈面来。

二〇一三年七月二十九日

搅 团

路经长安，在某杂粮食府进餐，读壁上一篇《搅团赋》，改写之。

食谱无名俗有谚，平民美味农人餐。

后稷教人种五谷，先民播火搅团饭。

烈焰沸水匀撒面，木勺匀拌愈稠黏。

上碗兑汤红泛绿，闯王围城漫金山。

哄上坡头征台湾，三碗入肚不解馋。

搅转乾坤越千年，不闻搅团登华筵。

往昔饥馑断炊烟，逃难救命功匪浅。

父老口碑古今传，此物钟情庄稼汉。

游子思乡娘亲唤，空中望月碗中圆。

饭未饱肚情已醉，搅团偿还思亲愿。

食能健骨肥自减，篱圃野蔬更新鲜。

呼朋邀友聚一桌，尝尝亘古家常饭。

二〇一三年八月六日

忆下乡插队

情忆四十五年前，一路欢歌上关山。
广阔天地心无羁，知青生活蹉跎篇。
乡亲炕上常暖脚，田间地头侃大山。
也曾地里种玉米，也曾锄草棉垄间。
打麦场院毒日晒，飘雪送肥拉车欢。
早出晚归修水利，灌溉清流润旱田。
饲养室里常开会，难忘断粮薯当餐。
月光地里偷苜蓿，大娘白面救急难。①
民兵韩城修铁路，挥汗如雨饮水难。
夜半野狼曾挡道，挖山比赛苦当甜。
农民纯朴情深厚，友谊结下终生缘。
三年劳动得锻炼，受益长远行止间。
是非得失何足论，挺胸便是艳阳天。

二〇一三年十月八日

【注释】

①一九六八年十一月至一九七一年六月，我在原临潼县关山公社插队劳动。一大娘闻知青断粮，将自家收的几斤白面送来给我们吃，那时候乡亲们家里的白面只有过年包饺子、走亲戚、蒸礼馍过事才用。

重 阳

满院桂花香，佳节到重阳。

骊山秋日暖，登高乾坤朗。

车行牡丹路，曲弯折回肠。

上善湖水美，山菊竞芬芳。

赏景客来往，携孙搀爹娘。

耄耋扶杖笑，稚童好奇忙。

抬头烽台近，远望渭水茫。

脚下新城美，层林叶未黄。

火晶繁枝垂，石榴摆两行。

敬老祈福寿，九九天天长。

二〇一三年十月十三日

山 菊

天澈清香远，山间锦簇团。

不羡春花艳，独傲秋霜寒。

西岭撷几枝，沁心到窗前。

自在天地间，何须篱圃园。

二〇一三年十月二十二日

陕鼓颂

创业篇

公元一九六八年，陕鼓定点苟家滩。
乱石滩上摆战场，骊山脚下红旗展。
艰苦创业百事难，油毡帐篷把家安。
夜半常闻野狼叫，饥餐渴饮当笑谈。
夏夜汗流难入睡，山沟树下席地眠。
甲方乙方合心计，比学赶帮竞赛欢。
席棚底下造风机，基建生产一肩担。
宏伟厂房拔地起，行业队里新兵添。
技术研发奠基础，企业管理制度建。
员工队伍成长快，青春热情似火燃。
求实创新重实干，爱我陕鼓劲更添。
生产发展不停步，技术改造谱新篇。
产品引进腋生翅，聚力来日定冲天。
市场风云骤起时，也曾徘徊却步前。
固本强身迎挑战，艰难前行志更坚。
卅年奋斗再起步，天外更有天外天。

发展篇

一流强企目标远，各级领导勉励咱。
八字方针牢牢记，劈风斩浪走航船。
两个转变指方向，业绩翻番再翻番。
观念转变人亦变，变化岂止两重天。

智慧劳动结硕果，流程再造舍得间。

用户至上心心换，感恩共赢同发展。

员工第一非虚幻，健康安全驻心间。

学习培训长进步，竞聘舞台任施展。

科技进步三获奖，中国名牌双双揽。

管理创新开新意，行业排名早领先。

向上向善风气好，崇尚核心价值观。

生态建设环境美，员工生活日日甜。

市场发展变化大，全球竞争已放眼。

三块产业细规划，择路换道不歇肩。

动力上市前景远，集团重组路更宽。

奋力前行不止步，百年老店梦定圆。

二〇一三年十月三十日

【附记】

　　二〇〇一年五月，印建安任陕鼓集团董事长、党委书记、总经理，上任伊始提出"稳步、务实、创新、发展"的工作方针。二〇〇五年二月，他带领陕鼓确立了"两个转变"的发展战略：从出售单一产品向出售解决方案和出售服务转变；从产品经营向品牌经营转变。在发展战略指引下，陕鼓取得了前所未有的快速进步，走在了行业改革创新和跨越发展的前列。随着企业的发展，其内容有了新的阐释和完善。二〇一七年，李宏安继任陕鼓董事长、党委书记，以"战略文化引领，市场开拓为纲，能力建设为基，打造一机两翼，实现千亿市值"的新时代陕鼓发展总路径，带领陕鼓继续前行。经过五十年发展，陕鼓已经从单一的风机生产制造厂发展成为分布式能源领域系统解决方案供应商和系统服务商。

变 化

一外地朋友来陕鼓公干，惊叹陕鼓的变化。

一别陕鼓逾十年，眼前景象地翻天。
门前大道宽又阔，生态园中湖水蓝。
法桐行道遮阴蔽，河沟不见觅农田。
标线醒目中规矩，员工奕奕走两边。
记忆原址无踪迹，姹紫嫣红鸟雀欢。
车间难寻旧面貌，宏伟重装矗眼前。
厂区不闻机轰鸣，白烟袅袅碧蓝天。
运输车场大变样，私车排满一片片。
脑海依稀寻旧地，莫非迁建新家园？
新朋老友话变迁，陕鼓发展人赞叹。
市场服务开新路，流程再造谱新篇。
今日告别约来日，再看陕鼓新容颜。

二○一三年十月三十一日

爬墙虎

枫藤傲檐下，
更喜百尺崖。
绿叶浮荫壁，
秋红胜胭霞。

二○一三年十一月七日

015

骊山红叶

一夜霜洒满山红，
碧染丹彤映眼明。
秋叶不妒春花美，
从此晚照不独雄。

二〇一三年十一月十一日

银杏树

——和蔡新平先生

满目金鳞映阳光，
飒飒迎风傲寒霜。
遮阴白果千秋事，
落木无言情自长。

二〇一三年十一月二十日

附蔡新平原诗：

枝叶青青不肯黄，依依相恋耐寒霜。
萧瑟秋风雨打去，无情总把有情伤。

上善若水

幻化无穷天地间，江河湖海五洋瀚。

蒸腾九霄云致雨，霖洒茫茫穿九泉。

春水拍山雨雾雪，寒冰如铁瀑潭渊。

摧枯拉朽万里浪，薄纱柔曼锁雄关。

千折百回奔大海，山涧溪流潺潺涓。

滴水穿石恒不辍，漂洋轻载万吨船。

澍渠济世润旱田，无味催得百味鲜。

纳污自洁情高远，止水清澈静观天。

利物不争量必平，居下随形尚自谦。

珠露朝霞映彩虹，霏霏纤毫爱无边。

生生不息大世界，汩汩哺润生命源。

万紫千红水造化，洮洮不尽至至善。

二〇一三年十一月二十八日

冬日骊山

熹微山轮挂寒星，黛骊昂首啸天穹。

踏破晨寂惊雉鸟，阴岭峰巅雪映松。

草黄冬花别样美，萧瑟却伴根发生。

大山无言深蕴力，蓬勃只待起春风。

二〇一三年十二月十六日

奔 月

今天凌晨嫦娥三号发射成功，奔往月球。九月三日曾写小诗一首——《闻嫦娥三号即将登月有感》，今将原诗略做修改，以志庆贺。

银光泻地照玉磐，嫦娥婀娜出广寒。
吴刚捧酒桂树下，玉兔欢跳上飞船。
寂寞相守五千年，遥望情悲思故园。
蟾宫飞来家乡客，从此不做月中仙。
满天星斗耀河汉，神箭遨游天地间。
弹指往还十万里，长天明月缺亦圆。

二〇一三年十二月二日

山 轮

绣岭朦胧月清明，
踏山情热暖寒冬。
天边待看红日起，
光芒已剪群峦峰。

二〇一三年十二月二十八日

感　言

万事皆空亦非空，岁月如梭去匆匆。

感恩向善永莫忘，忠恕之道做人经。

种子发芽须破土，苦寒历练长内功。

心明脑明胜眼明，力量源自内心轻。

诚信正直名誉重，事无大小尽心行。

脚踏实地一步步，无愧我心心自平。

二〇一四年元月五日

南山荔林①

一骑绝尘妃子甜，岭南荔枝越千年。

老树曲虬苍枝干，蓬勃绿叶映碧天。

林深鸟驻笛音远，琴引高歌声腔圆。

关中腊月尚数九，春光已满古荔园。

二〇一四年元月二十四日于深圳

【注释】

①南山荔林：位于深圳市南山区，南山荔枝园已有数百年历史，其品种有糯米糍、妃子笑、桂味、淮枝、黑叶等。

春雪（二首）

癸巳冬关中无雪，甲午立春已过，瑞雪骤至；银装素裹，雪景风光美不胜收，赞几句。

（一）

正月花灯照雪人，
骊马巍巍素裹银。
漫天飘落琼脂玉，
喜煞采风爱雪人。

（二）

癸巳冬干愁煞人，
甲午春来雪纷纷。
大地望空盼滋润，
天公洒下玉龙鳞。

二〇一四年二月十八日

野山沟

远望东岭雾锁峦，眼前无路下溪涧。
草丛荆棘石苔藓，野藤缠足赏山泉。
冬花迎风坡上笑，春桃花苞沟里妍。
蒿荒石滑难移步，出山天阔一豁然。

二〇一四年三月二日

玉川春日

骊山东麓秀，
玉川湖水蓝。
村陌溢春韵，
岭畴暖生烟。

二○一四年三月四日

春日骊山

天湛踏青上骊山，四处繁花竞芳鲜。
树深啼啭传鸟语，孔雀抖屏鸳戏鸳。
上善湖鉴山色暖，八面和风拂笑颜。
远望秦川阡陌秀，岭上再看山外山。

二○一四年三月二十九日

汉中油菜花

百里花海漫馨香，
碧绿山川尽染黄。
大地锦缎勤织就，
美冠华夏天府乡。

二○一四年四月六日于汉中

落　樱

夜来冷雨催花老，
落英依树怎堪扫？
片片清香幽然在，
随风山间伴芳草。

二〇一四年四月十三日

紫　阳

穿山遁地秦岭开，
巴山雨雾扑面来。
紫阳真人①忽惊梦，
对岸楼阙胜仙台。

二〇一四年五月一日于紫阳

【注释】

①紫阳真人：中国南派道教创始人张伯端，号紫阳、紫阳仙人，曾修炼于汉江、任河交汇处的真人洞，紫阳县名即由此而来。

春　笋

春笋尖尖争破土，
静园细闻拔节声。
虚心有节勤励志，
来日接天修茂林。

二〇一四年四月二十六日

焕　古

千年小镇汉江滨，
贡茶自古天下闻。
山拥水浮风景好，
最美还是茶乡人。

二〇一四年五月一日于紫阳

【附记】
　　紫阳县焕古镇位于巴山深处的汉江边上，群山叠翠。二〇〇六至二〇一二年，陕鼓集团曾先后与焕古镇焕古村、腊竹村结对扶贫，帮助当地发展生产，扩大茶园，改善交通，济贫助学，结下深厚友谊。当地所产富硒茶现已成为陕南茶的代表品牌。

塔云山^①

百旋通圣境，千阶灵霄门。

霞蔚三千界，霭光照塔云。

绝壁凝紫气，香绕古松林。

祥云浮金顶，一柱瑞楚秦。

二〇一四年五月二日

【注释】

　　①塔云山：位于陕西省镇安县城西南三十五公里的柴坪镇境内，以险绝、奇特、秀美、壮观、神异而著称，不仅具有厚重久远的道教文化，而且拥有绚丽多彩的自然风光。

晨雨山行

晨静山空雨声疾，峰隐松涛云雾低。

拾级常遇露拂面，水花万朵湖涣漪。

女娲宫中观山霓，太上老君独吟曲。

空蒙缥缈天作画，清雨洗尘红伴绿。

二〇一四年五月十日

石榴花

群芳闹罢榴花来，
翠园红霞恣情开。
似火撩人春花妒，
秋实更待苦培栽。

二〇一四年五月十七日

端　午

无缘楚江龙舟渡，喜看秦川麦浪浮。
五彩丝线亲情系，油糕角粽艾香束。
屈子耿耿千秋慕，钟馗挥剑魑魅除。
丰收在望桃杏催，祈愿升平把菖蒲。

二〇一四年五月三十日

骊山柏

千年翠荫佑人宗，骊骏苍黛柏染成。
盘根山岩虬龙踞，亭亭傲迎八面风。
夏阳春雨枝如铁，冬雪秋霜干似铜。
岁寒三友松缺伴，叶香子稠万年青。

二〇一四年六月十五日

登山趣

清晨披霞踏歌行，石榴花果照眼明。

核桃柿子满树挂，鲜桃待采压枝红。

酸枣刺多常绊脚，山花绚丽不知名。

忽惊野兔撞人腿，坡下丛深传雉鸣。

挥汗谈天观山景，松柏闻香添幽情。

蓝天白云送夏至，岭上自有清凉风。

二〇一四年六月二十二日

打虎赞

朗朗乾坤日月明，神州岂容腐虎行。

人心党心纲纪在，斩贪利剑耀寒锋。

奸佞虽曾蒙众生，扯旗也逞一时能。

贪欲虎口无底洞，自种恶果自送终。

中华代代有包拯，打虎英雄赛武松。

清风徐来恶霾除，天兵缚虎亮长缨。

赶考答卷路未竟，民望海晏黄河清。

标本兼治廉政路，正气巍然鬼神惊。

二〇一四年七月三日

夏日骊山

大地入伏过火龙，山间蝉鸣荫更浓。

东岭酸枣傲崖畔，西沟构桃抢眼红。

小径草深蝶飞萦，八卦台前舞蜻蜓。

石瓮流泉收暑气，清风吹上骊驹亭。

二〇一四年七月十九日

雨　山

白云浮山影，踏阶雨中行。

蜗牛背屋走，雨湿蝉翼重。

薄雾漫骊宫，叶露多含情。

移步景亦换，水墨洇画屏。

二〇一四年八月九日

登山遇鱼记

登山伞伴霖雨天，踏阶徐行谈笑间。

秋雨润山景缥缈，上善湖影雾中山。

放眼争看雨击水，一条大鱼跃岸边。

众友惊喜齐声唤，莫非巧遇湖中仙？

举手放生现行善，鱼游回府倏不见。

云浮山影眺林浅，心悦神慰一行仙。

二〇一四年九月十四日

童年的记忆

——罗敷

罗敷河畔山脚旁，小村环绕翠竹篁。

陇海新线切村过，松鼠蹦跳上寨墙。

租住村民逼仄屋，兄弟玩耍在柴房。

炕前拴羊除臭虫，母亲织布穿梭忙。

饥荒笼罩愁生计，野菜树叶充饥肠。

铁路坡下开荒地，山沟河滩找口粮。

蒲城大哥送苜蓿，百里奔波情难忘。

地冻畔镬挖秸根，烧火做饭拉风箱。

东渠抬回山泉水，天寒提炭上学堂。

慈母历经千般苦，舍身饲儿失健康。

油盐酱醋劳心虑，缝补浆洗日夜忙。

邻里互助度日月，风范勤朴又慈祥。

初级小学四年级，合用课堂轮班讲。

砖支木板当课桌，教室只有三面墙。

学写板报苦且累，举手仰脖湿衣裳。

炕沿写字天昏黑，蓖麻照明烟熏房。

山村生活时虽短，艰难岁月记忆长。

竹林拐枣桃李杏，河道戏水巨石旁。

静谧小街石板路，童年物事入梦乡。

昔日荒坡荆棘地，烟囱入云耸厂房。

时光倏然几十年，世事沧桑何茫茫。

二〇一四年九月二十三日

桂　花

三秋天高浮云霭，碧园绿丛秋露白。
天香何须风相送，幽闻十里醉入怀。
桂树本在月宫栽，浅黄淡白素花开。
牡丹月季群芳拜，也羞伴桂竞香台。

二〇一四年九月二十五日

临潼石榴

临潼胜地石榴乡，春夏果农翠园忙。
神果东来两千岁，映日红花钟馗王。
秋分百果竞飘香，丹若独秀水晶房。
骊山秋色美如画，榴叶傲霜抹红黄。

二〇一四年九月三十日

荔林晨早

夜来雨疾伴雷声，荔园承露迎晨明。
曲径健步南天碧，太极拳剑舞旋风。
凤凰枝头花似火，荔枝树下芋叶浓。
林深鸣唱百灵鸟，歌绕湖亭芙蕖红。

二〇一四年十月四日于深圳

最美的云

——纪念中国首颗原子弹爆炸成功五十周年

大漠惊雷震九天，蘑菇烟云腾宇寰。

东方巨龙已昂首，魑魅魍魉空哀叹。

精忠报国多赤子，埋名舍身舍家园。

和平发展当笑慰，马兰精神万万年。

二〇一四年十月十六日

书艺人生

——赏王刚①兄书作有感

笔耕墨耘几十年，书艺人品两馨然。

耿直刀刻金石印，诚厚坦荡流笔端。

举酒常交敦颐友，品茶轻看名与钱。

莫言暮年少康健，指舞云烟八尺宣。

二〇一四年十月二十二日

【注释】

①王刚：一九四五年至二〇一七年，号龙泉山人，汉中城固人，退休前供职于西北电建一公司，现任渭南市老年书画协会原副会长，西岳印社会员。

030

秋意·枫藤

天高秋意浓，
枫藤谢绿屏。
斑斓壁上花，
霜降映日红。

二〇一四年十月二十三日霜降

牵牛花

竹篱沟坡绕蔓藤，
红白粉紫秋日蕻。
此花凌霜直堪爱，
喇叭自在向天鸣。

二〇一四年十一月一日

岁 月

夏蔽骄阳一树荫，秋风起处满地金。
春华秋实四季替，流光溢彩放歌吟。
人生惜时莫虚度，绽放竞舞不恋春。
花谢叶落寻常事，不枉岁月再回轮。

二〇一四年十一月四日

照 金

峰架天笔绘山河，九龙入云柏苍勃。

观音殿里运筹远，红军洞中天地阔。

土地革命星星火，工农奋起英雄多。

群山碧彤华原美，蓝天慰灵舞白鸽。

二〇一四年十一月五日

【附记】

　　相传隋炀帝巡游至此，称"日照锦衣，遍地似金"，照金因此名传天下。一九三三年，老一辈革命家在此建立了西北第一个山区革命根据地——陕甘边革命根据地。大香山三峰形似巨大笔架，又称笔架山，东峰下有九柏共生，称九龙柏，秋季红叶为香山美景。

火晶柿子

——为赵进选①老弟摄《火晶柿》题

鹊巢虬枝向碧天，

一树红晶火欲燃。

霜打风吹叶飘去，

沁心甜果笑凌寒。

二〇一四年十一月十四日

【注释】

　　①赵进选：一九五四年生，泾阳人，陕鼓工人专家，劳动模范，享受国务院特殊津贴，并荣获"全国五一劳动奖章"。他的多项革新成果被推广，其独创的大型轴类加工方法被命名为"赵进选操作法"。

032

鸣犊泉

栈桥鲜花绕盘旋，金柳幽篁滨菊鲜。

湖光潋滟泛波影，鸣犊声声向天传。

探询老农地源典，传说双泉变公园。

新开大道通秦汉，梦寻芳草伴清泉。

二〇一四年十一月十七日

【附记】

　　今临潼西泉乡有西泉村、东泉村。传说古时此地有东西两口泉，清流喷涌。一只小牛不慎掉入东泉，母牛向天悲鸣不已，小牛竟从西泉跃出，原来两泉地下相通，从此人称鸣犊泉。另说实为泉水声好似老牛鸣犊的叫声，故以此命名。据说，二十世纪七十年代以前西泉还有水，农妇尚在泉边洗衣；东泉消失得更早。

山之乐

一弯清月天之魂，辰星伴我早行人。

雀鸣山村晨寂静，犬吠农家启朱门。

曲径积雪踏留痕，坡上凌寒酸枣林。

远川近岭能洗心，笑看日出风剪云。

二〇一四年十二月二十日

青华山卧佛①

琼草栗叶山径幽，峭拔通天五层楼。

回心石上惊回首，如来高卧岱顶头。

五岳胜景青华秀，吕祖鸡鸣长安留。②

静观红尘熙攘攘，似眠浅笑佛无愁。

二〇一四年十二月六日

【注释】

①青华山卧佛：位于陕西省西安市长安区滦镇境内。

②传说诸神一日在西天闲叙，慈航道人欲把借东海龙王炼丹用的两口千钧铁锅送还龙王，如来佛好解人难，说天亮前他给送到。吕洞宾在旁听闻，遂赶在其必经之路自己修道洞府青华山上藏身。当如来佛挑着两口大铁锅腾云驾雾路过，脚刚踏上登天石时，吕洞宾开玩笑学鸡打鸣，其实天亮尚早。如来佛一听鸡都叫了，天亮前已难至东海，干脆先睡一觉再说，于是把扁担一扔，倒头便睡，遂留下这千年卧佛，扁担飞落之地后被称为石砭峪（石扁峪）。

雪中登山

举手接得晶莹花，

洁白碎玉不忍踏。

松柏披瑞琼瑶树，

雪舞苍茫过农家。

二〇一五年元月三十一日

世 范

——参观李仪祉纪念馆^①有感

泾洛清流润渭原，先生德范耀群贤。

投身革命志未竟，济世利物苦自甘。

业效郑白^②立宏志，功追大禹抚波澜。

八惠^③关中扶社稷，情系苍生解民悬。

兴陕兴国兴水利，治黄导淮溯正源。

办学立说倡科技，桃李天下奠基岩。

仪祉精神高洁远，福民惠泽贻世间。

粪土功名功百世，英名伴渠万古传。

二〇一四年十二月二十三日

【注释】

①李仪祉纪念馆：位于陕西省泾阳县王桥镇，是为纪念我国近现代水利先驱李仪祉先生，展示水利文化，促进文物保护而修建的一座综合性水利纪念馆。

②郑白：古代水利专家郑国、白公。

③八惠：泾惠渠、渭惠渠、梅惠渠、洛惠渠、黑惠渠、涝惠渠、沣惠渠、泔惠渠八项水利工程。

静　界

——莫如心静

幽谷听溪声，晨起踏雪行。
林下微风起，竹园秋虫鸣。
丛中夜流萤，花间采蜜蜂。
深山卧古寺，明月伴清影。

二〇一五年二月五日

登大南山

南国春来早，晨风助远眺。
荔林花红绿，楼群竞山高。
前海长桥远，后海碧波摇。
千阶通天去，灯塔刺碧霄。
岭南风云起，引领神州潮。
三羊开吉泰，宏图再画描。

二〇一五年正月初二于深圳

陕鼓感恩节

正月十五雪打灯，欢歌劲舞兆年丰。
企业发展开新路，十年感恩苦乐情。
市场风云波涛涌，齐心划桨破浪行。
坚定转型合力干，新常态下再建功。

二〇一五年三月五日

早春骊山

古寺香袅袅，晨雾掩农家。
湖边燕穿柳，林中鹊喳喳。
春风拂山绿，锦团桃杏花。
东坡野韭嫩，西沟茵陈发。
垄畔挖荠菜，枝头看红芽。
丛雀争暖树，更待闹春花。

二〇一五年三月八日

二月二

一场春雨迎春龙，
春分艳阳兆年丰。
神龙抖擞高昂首，
腾飞已闻春雷声。

二〇一五年龙抬头日

拜谒仓颉庙①

文祖首创鸟虫符，观穹察羽功未休。

千秋苍柏佐英冢，中华法度万古流。

感天忽降金雨粟，夜半惊闻群鬼哭。

黄龙环拥洛水秀，谷雨常祭仓颉书。

二〇一五年四月四日

【注释】

①仓颉庙：位于陕西省渭南市白水县城东北三十五公里的史官乡，是为纪念文字始祖仓颉所建。现为全国重点文物保护单位。

清 明

清明时节雨沐山，花枝含露媚姿添。

柳摇湖静山色润，落红催春花愈鲜。

清心宜向高处走，放声空山情自酣。

俯瞰新城美如画，举目云开照渭川。

二〇一五年四月五日

清渭楼

清渭楼下花香浓，咸阳湖映牡丹红。

花王本自帝都生，今日重彩扮太平。

瓣瓣似雪樱随风，暖阳拂面丽人行。

飞桥凌波长安近，岸柳依依万里情。

二〇一五年四月十二日

葛牌镇①

飞车穿云过蓝关，

葛牌古镇靓深山。

红军浩气今犹在，

小街旧貌换新颜。

二〇一五年五月二日

【注释】

①葛牌镇：位于陕西省西安市蓝田县，是原红二十五军一九三五年在陕西关中建立的最早的革命根据地。

棣花镇①

商山于道九衢通，秦楚古驿八面风。

清风街上人如织，戏楼秦腔曲正浓。

芯子秧歌锣鼓钟，狮舞龙飞社火红。

宋金边城逢盛世，棣花文曲耀星空。

二〇一五年五月二日

【注释】

①棣花镇：位于陕西省商洛市丹凤县，棣花古镇是贾平凹小说《秦腔》的原型实景地。

骊山人祖庙①

大道盘山十八旋，群峰逶迤九龙连。

骊巅高坐人祖殿，沟下双合石磨盘。

女娲炼石五彩天，伏羲八卦肇基元。

华夏始祖根脉衍，香火绵绵三千年。

二〇一五年五月二十四日

【注释】

①人祖庙：始建于秦以前，历史悠久，位于骊山深处仁宗乡。骊山九个山峰形似九条苍龙盘踞，人祖庙就建于其中一个龙头之上，庙前的碾子沟传说就是女娲抟土造人的地方。

火龙内家功

——赞赵焕臻①所练独家功夫

深根原在南山中，五弓气道千年功。

鹤舞龙翔熊虎步，金玉缠身静若钟。

雄狮抖毛十八滚，四体圆摇八字平。

天地人和传孤道，溯源神往古贤明。

瑰宝拂尘光芒耀，缘起待看火龙腾。

耕播传承责任重，济世健民功德丰。

二〇一五年六月二日

【注释】

①赵焕臻：一九五九年生，陕鼓西仪退休员工，现为陕西省西安市非物质文化遗产项目《火龙内家功夫》传承人，著有《火龙真传——泥丸宫修炼法》。

山村人家

门前榴花红，屋后竹叶青。

犬吠欺生客，白鹅伴鸡鸣。

清泉流荫下，群羊没草中。

园中百果繁，主人多盛情。

二〇一五年六月六日

贺新婚

——文帆、张鹏新婚志喜

竹青榴红草芳菲，爆竹声声喜花催。

修得真爱结连理，缘噙青梅竹马追。

高堂亲友同相贺，文帆携手鹏儿归。

扬帆云天济沧海，鹏程万里比翼飞。

二〇一五年六月九日

端　午

艾叶飘香燕穿云，

桃红祭出正气神。

秦楚共仰唯忠义，

千年不死屈原魂。

二〇一五年六月二十日

雨后山景

举目遥望云移山，雾聚天开转瞬间。

蛛结八卦叶浮玉，鹊舞枝头红桃鲜。

径边草丛忽惊兔，雏雉闻声飞溪涧。

榴园树下勤人影，云破又是艳阳天。

二〇一五年六月二十八日

送　别

捻指相别逾十年，心系千里常思念。

几度长安观古今，把酒烤肉嫩江边。

难忘雪中赏鹤舞，佛都始信夙有缘。

君行未折灞桥柳，烽台常可把信传。

二〇一五年七月二十日

　　七月十六日夜，老友于珠夫妇在其子、媳陪同下抵陕，三天相处甚欢，二十日晨踏上归程，临别依依。于兄返齐齐哈尔后赠和诗一首，情挚同心。下文记之。

附于珠原诗：

涕零渭生赠语

子携七旬历贵川，心系十载奔骊山。

他年老母签中语，三节华清风流篇。

骊友朱门情更烈，东儒一语慰心田。

金鼎合十黄果瀑，此生挚友天地间。

二〇一五年七月二十八日

红　影

——山友红装登山记

骊骏扶摇红璎珞，朝霞飞落湖水中。
古柏林中映笑靥，石瓮流泉闻鸡鸣。
火神庙前说今古，遇仙桥边觅仙踪。
舍身崖下论孝道，红云飘过骊驹亭。

二〇一五年八月十八日

七　夕

星河渺渺望经年，金梭机杼度寒天。
银牛隔岸常凄哞，痴郎对津悲愁眠。
孟秋天高抵云汉，鹊桥牵手梦团圆。
葡萄架下接喜泪，^①静听天上脉脉言。

二〇一五年八月二十日

【注释】

①传说七夕夜晚，如有雨下，那就是织女牛郎在鹊桥相会洒下的悲喜泪，在葡萄架下可隐约听到他们脉脉的情话。

044

紫阳情

——印总带队重访紫阳

穿山越岭紫阳行，巴山扶贫铸友情。

乡亲冷暖常牵挂，谋奔小康此心同。

携手共建茶园绿，爱心连接慈安通。

缘结十年情未了，勠力发展享共赢。

二〇一五年八月二十六日于紫阳

少华山

巍巍少华曾潜龙，指点迷津半山亭。①

古柏抱槐两千年，②犹叹背工蹒跚行。

石门林茂郁葱葱，八仙际会云台名。

山崖嵯峨能遮雨？陋居与今不相逢。

凝眺太华层峦重，敷谷湖清游鱼红。

鹰石生动欲振翅，松卷云烟傲群峰。

二〇一五年八月三十日

【注释】

①少华山潜龙寺是中国早期的佛教寺院之一，相传汉光武帝刘秀曾避难于此。古时山间常有大雾，方丈为避免修行僧迷路，故在寺院对面山腰修建钟亭一座。

②寺院内有一株古槐从古柏树身长出，枝叶繁茂，称"柏抱槐"。

龙 腾

——看九三胜利日阅兵有感

铁流奔腾心潮涌，军歌嘹亮战旗红。

盾坚矛锐护神州，鹰击长空啸苍穹。

沐火浴血中华龙，凤凰涅槃铸英雄。

碧天白鸽鸣正义，知兵终为保和平。

二〇一五年九月三日

白 露

结露凝珠秋渐浓，石榴抱籽水晶城。

核桃开心仁回曲，葡萄串串钓馋虫。

街边袅袅苞谷香，豆角丝瓜架下逢。

红薯南瓜脱秧走，紫茄回望柿子红。

田园辛苦终有报，喜看丰年好收成。

二〇一五年九月八日

秋日登山

雨洗岩石净，白云照山青。
丛丛秋花艳，簇簇酸枣红。
影影草帽山，坦坦渭川平。
天高极目远，笑谈又一峰。

二〇一五年九月十二日

大水沟①

闻声未见大水流，小溪清清山更幽。
林茂草深秋花美，山楂树上果繁稠。
金风拂笑山石榴，酸枣崖边任采揪。
下山犹思意未尽，明日再上西山头。

二〇一五年九月十九日

【注释】

①大水沟：骊山一条山沟。

中　秋

寥廓长天明月光，神笔斑斓绘金黄。

秦川又是丰收季，收种采撷处处忙。

闻香并非月中桂，何须悲凉叹晚霜。

嫦娥亦悔广寒梦，人间秋色胜天堂。

二〇一五年九月二十七日

威远炮台①

威远炮台威未远，浴血难抵敌炮坚。

凭吊先烈搏杀地，犹闻要塞飞硝烟。

奸贼拱手毁铜关，英雄驱虏忠义胆。

在天英灵应笑慰，中华长剑已倚天。

二〇一五年十月六日于深圳

【注释】

①威远炮台：位于中国珠江出口的穿鼻洋北武山脚下，南山炮台前滩岩石正中，是鸦片战争战场遗址之一。

秋 山

缤纷山菊竞放迟，
红果柿子挂满枝。
清秋霜染叶下白，
正是踏山闻香时。

二〇一五年十月十一日

买山楂

红黄五彩山坳中，满坡红果照眼明。
犬吠鹅鸣迎远客，果盘捧出红火晶。
累累硕果红彤彤，眼花只见满树红。
主人让价又让秤，相约来年山楂红。

二〇一五年十月十七日

一缕清风

——送别周世昌①同志

到老已是万事空，心中党旗火样红。

知恩感谢党培养，奉献不止到临终。

不忘出身学徒苦，常念解放得新生。

勤恳敬业几十年，退休心强是非明。

社区管理有建言，《陕鼓人》报寄深情。

八年送报传正气，何计老迈自龙钟。

遗言叮嘱身后事，上路无须从俗风。

践约送别生崇敬，一缕清风弥世中。

二〇一五年十月二十日

【注释】

①周世昌：上海人，中国共产党党员，西仪退休老工人。二十世纪五十年代为支援大西北来到西安，八十二岁因病去世。

冬山晨旱

喜看金光描骊马，

迎风竞放傲冬花。

摘星欲跨天边月，

沁心火晶一树霞。

二〇一五年十二月五日

050

坚 强

一女工接连遭受人生巨大悲痛，哀之叹之！痛惜之余谨以下文慰勉。

五雷轰顶太无情，老天闭目哪有公。

晴天鲜闻霹雳响，缘何偏落我家中。

生命无常旦夕事，突发意外难料中。

泣血尚须和泪咽，天塌地陷奋力撑。

耄耋双亲待侍奉，手足温馨不了情。

上下众友常系念，风雨人生携手行。

前缘聚散皆有定，放下始得心绪平。

境由心造人自重，梦醒举目太阳红。

二〇一五年十月二十八日

年 华

——有感于王鹏诗一首

硕硕秋实拜春华，

夏收冬藏时序辖。

聚散由缘无须叹，

夕阳晚照胜朝霞。

附王鹏原诗：

旧景怎禁岁月侵，暮思陈年泪凄凄。

人走茶凉终皆散，怎奈年华独自欺。

芦苇荡

漫川芦苇照白云，野趣风传百里闻。

山村探询人未识，纳鞋农妇半倚门。

千年皂角蟠崖畔，芦花映日曳摇银。

远山近岭氤氲霭霭，芦荡水溪波粼粼。

村姑携来山中果，采风远客笑吟吟。

冬日风吹金苇浪，春绿再迎踏青人。

二〇一五年十二月十三日

【附记】

　　临潼马额镇穆柯寨附近山谷中有大片野生芦苇，当地老百姓称之为苇子沟。近年来，吸引了许多摄影和户外旅游爱好者前来观光游览。

天鹅湖①

千顷碧浪万羽鹅，三门揽胜八方客。

迎祥阁瞰长河秀，召公岛外弄绿波。

振翅翱翔踏浪去，交颈向天比翼歌。

浮游渚上多自在，春去冬来邀云和。

二〇一五年十二月二十七日

【注释】

　　①天鹅湖：位于河南省三门峡市区，每年十月到次年三月，有数万只白天鹅在此越冬。

冰　瀑

天寒凝溪声，
草黄堆碧琼。
谷深觅仙迹，
飞起白玉龙。

二〇一五年十二月十九日

和骊山客

岁月恒有自然钟，天道酬勤大道同。
无欲无求诚为本，人生坎坷心宜平。
以心交心多挚友，以仁待人自在行。
明月丽日当空照，朗朗赤心对神明。

二〇一五年十二月二十九日

附骊山客原诗：

岁月感怀

披星戴月孺子情，青春无悔酬精英。
自信肝胆常自勉，无奈风雨倍欺凌。
风光挚友今何在，可叹亲朋多绕行。
魂销玉壶荡清辉，鸿猷空挂待神明。

潼 关

三河口外水漫天，睥睨九州凌云关。

千古兵家征战地，残桥犹忆闯关难。

血溅中条敌胆寒，浩气永驻山河间。

天堑抱关东流去，万亩荷塘待春还。

二〇一六年元月三日

雪 竹

弦管萧萧凌北风，

凛然亮节伴秀松。

雪压无改魂高孤，

晴日抖擞叶愈青。

二〇一六年元月十二日

东泉店①

华阴老腔声震天，千年传承在双泉。
陇海小站东泉店，魂牵梦绕几回还。
启蒙校园今安在，山下清泉水尚甜。
夏夜草丛逐萤火，寒冬冰上趔趄玩。
弹弓已收雀声远，两株古柳说昔年。
秀美田园今何在，童年记忆梦已残。
铁道车站无踪迹，路基留痕在水边。
偶遇老叟询往事，旧景依稀泉已干。
万亩荷塘成新景，孤飞白鹭云水间。
三河口非三河口，东西泉店变双泉。
五十五年倏忽过，处处旧貌换新颜。
怅然若失游故地，乐待荷花接碧天。

二〇一六年元月四日

【注释】

①东泉店：是老陇海铁路华阴和潼关间的一个小站，作者童年时曾在此生活，一九六〇年铁路改线后已无存。当地原有东泉店、西泉店两个村庄，东泉店因建三门峡水库移民，西泉店即今双泉村，是著名的华阴老腔发源传承地。

裴柏村①赞

——读裴维义转发"中华第一村"有感

千年将相出一门，魁星闪耀天下闻。

耕读传家家风厚，挂旗还有后来人。

九凤朝阳接紫气，河东裴氏宦若林。

功名显望旁无道，修身自强人上人。

二〇一六年元月七日

【注释】

①裴柏村：位于山西省闻喜县礼元镇，素有"中华宰相村"之称。自周秦绵延两千余年，其家族人物之盛，德业文章之隆，在中外历史上堪称绝无仅有。出自这里的五十九位宰相、五十九位大将军使裴氏家族声名显赫、威震华夏。

蜡　梅

傲骨凌寒自芬芳，

雪地黄花伴飞霜。

莫言暖日时尚远，

报春早有蜡梅香。

二〇一六年元月十七日

料峭

都说天冷赛昔年，我把极寒当春寒。

风欺金乌失温暖，登山野趣最驱寒。

雪径惊起花雉鸟，晴川渭水到眼前。

遥望冰瀑涧头挂，桃花开时悬飞帘。

二〇一六年元月二十四日

瑞雪

骊马披瑞欲腾云，天女散花漫天银。

昨夜未闻风传讯，晨起喜看雪拥门。

汉王古槐妆玉树，迎春琼花敬谷神。

山野但看光陆离，未羊申猴双福临。

二〇一六年元月三十一日

山茶花

花开早春枝尚寒，风流艳丽赛牡丹。

初识此君傲霜雪，冠霞绽放南国天。

富贵人家偏不爱，独恋青山溪水间。

东风彩云晴日染，红黄粉紫醉花仙。

二〇一六年二月十五日于深圳

立 春

晴日已卜吉祥春，蛰起鱼游接芒神。①
阳和正宜开年时，东风送暖催耕耘。
柳丝轻拂雀儿跃，迎春更有勤劳人。
春芽春饼合春意，春入千家万户门。

二〇一六年二月四日立春

【注释】

①古俗有立春日宜晴之说，晴则预示是大丰收之年，风调雨顺。芒神乃司春之神。

茶翁古镇

熙熙攘攘世事忙，静心唯有煮茶汤。
修竹花径伴茗盏，茶禅一味太极藏。
庚子首义三洲田①，茶园鸣响革命枪。
古镇品读茶翁传，水秀山清溢茶香。

二〇一六年二月九日于深圳

【注释】

①三洲田：原属广东惠州，一九〇〇年十月六日，以孙中山先生为首的革命党人在此地打响"反清革命第一枪"，史称"庚子首义""惠州起义""三洲田起义"。从此，民主革命风起云涌，一九一一年辛亥革命后，结束了皇权专制制度。

登福塔①

觐福登福塔，祈福万万家。

培福开心田，种福始足下。

拥福须博爱，知福思报答。

惜福常自省，添福广聚沙。

洪福齐天寿，福佑我中华。

二〇一六年二月十四日于深圳

【注释】

①福塔：位于深圳市福田区园博园内聚福山上，共九层九室九八方台，塔高五十三米，建于二〇〇四年。塔的正门左右有"福山拥翠，田地生辉"对联，在塔外墙身镌刻一百四十四个历代名家书写的风格各异的"福"字，充分展示中国传统福文化。

雨后荔林

北方土龙腰未舒，

南龙扯云和凤翥。

夜雨霏霏荔园润，

花香叶翠水晶珠。

二〇一六年二月十八日于深圳

059

十六圆

——贺陕鼓十一届感恩节晚会

十五月亮十六圆，苦乐奋斗又一年。

聚力发展创新路，万众同欢庆上元。

真情共享人心暖，携手建设好家园。

骏马嘶鸣征程远，踏浪何惧水涡旋。

转型练功市场看，激情当向四海燃。

擂鼓催征壮行去，战果捷报待飞传。

二〇一六年二月二十三日于深圳

太平杏花

春色封神二月花，

蓬莱红杏太平家。

南山烟村一枝秀，

何如满川万人夸。

二〇一六年三月十九日

【附记】

泾阳太平镇红杏种植已有数百年历史，十里杏花在春天竞相开放，吸引大量游人。

舞　龙

神龙飞舞春意闹，腾挪翻转弄波涛。

盘旋直欲冲天去，化霾行雨年丰饶。

目光如炬鬼魅惊，利爪挥雷邪祟焦。

祥云缭绕吉羊去，大圣乘龙瑞九霄。

二〇一六年二月二十一日于深圳

荔　枝

一方水土美，岭南荔枝甜。

曲虬苍枝干，四季叶碧鲜。

春花惹蜂恋，夏至果红园。

淮枝肉似玉，桂味香又甜。

黑叶果实脆，糯糍水晶丸。

妃子开口笑，爽口一时鲜。

日啖三百颗，东坡不思还。①

佳果益康健，适食享平安。

山水风光好，绿林更悠然。

前海后海间，最美是荔园。

二〇一六年二月二十六日于深圳

【注释】

①北宋著名诗人苏轼被贬惠州时留有"日啖荔枝三百颗，不辞长作岭南人"诗句。

碧 桃

南国正月起春风，
元宵笑看碧桃红。
无须溪边寻芳迹，
莲花山上春意浓。

二〇一六年二月二十日于深圳

早春晨山行

野兔惊似箭，花雉忽飞远。
林雀鸣晨曲，喜鹊舞翩跹。
草芽报春动，崖边雪已残。
晓山沐细风，我自悠悠然。

二〇一六年二月二十八日

龙抬头

龙潜云闲待吉年，昂首冲天贼胆寒。
四海踏浪风波定，五洲祥云庆安澜。
翱翔纷飞杏花雨，瑞气霞光蒸桑田。
神龙起时天携火，霹雳春雷震宇寰。

二〇一六年三月十日

春 华

——泾渭智慧农业园赏花有感

暖风拂杨柳，
妖娆七彩花。
龙王亦惊诧，
谁移宫中花?

二〇一六年三月十九日

清 明

紫燕穿黄柳，细雨送春回。
坟前呢喃语，心祭飞纸灰。
寒食断肠日，花间蝴蝶飞。
怅望西绣岭，思亲梦里归。
遥情云天寄，新红开心扉。
阡陌化通衢，来者犹可追。

二〇一六年三月二十九日

紫阳茶

汉江蜿若画，巴山飘绿云。

忽闻天籁声，茶姑雾里寻。

遗籽西王母，宦姑兴茶人。^①

铜壶飞白练，茗盏浮银针。

太白闻香醉，修行张真人。

举杯紫阳茶，清香已沁心。

二〇一六年四月一日

【注释】

①传说西王母在焕古撒下茶叶神种，长安官宦人家女儿刘冬香为避祸千里跋涉来到焕古，在当地东明庵出家。她研究植茶制茶技术，帮助指导村民种茶，深受爱戴。当地所产"紫邑宦镇"毛尖茶自唐代已成贡品，名声远扬。后人为纪念她，将乌鸦滩改称为宦姑滩，今改称焕古，乃欣欣光明之意。

桃 花

群芳争艳乱清明，桃花枝头笑春风。

丽姿妖娆媚人意，风妒此花最多情。

城南门中映人面，山中满园烂漫红。

莫觅世外桃源梦，眼前便是怡乐城。

二〇一六年四月三日

牡 丹

铁骨铮铮抗武皇，长安花贬靓洛阳。

凛然傲骨帅群芳，国色天香火凤凰。

真色缤纷映笑面，渭城花开动故乡。

不争桃杏春光早，千姿迟来云霞煌。

琪树瑶花少春韵，王母只晓桃花香。

游花眉开不尽意，愿效绿叶伴花王。

二〇一六年四月九日

同州湖①

同州湖光耀三河，

岸柳拂起水天色。

玉栏曲桥波潋滟，

五谷丰登福寿多。

二〇一六年四月十六日

【注释】

①同州湖：位于陕西省大荔县，大荔古称同州。

丰图义仓①

报国安民救时相，
东府沃畴矗义仓。
河声岳影传佳话，
民生如天地为粮。

二〇一六年四月十六日

【注释】

①丰图义仓：位于陕西省大荔县朝邑镇南寨子村，是由清代东阁大学士闫敬铭倡议修建的民办粮仓，历时四年竣工。慈禧太后曾封此仓为"天下第一仓"。

山楂花

繁星满树宜寄情，
花开便是簇簇拥。
白头并非愁相催，
蕊香引来几多蜂。

二〇一六年四月二十三日

辋 川

诗佛墅地紫气萦，青檀树下抚琴声。①

得道化羽韩湘子，先民磨石肇文明。

溶洞气象千百态，自然造化叹天工。②

层峦叠嶂云尽处，林茂溪清万年风。

二〇一六年四月二十四日

【注释】

①王维，盛唐时期著名诗人。晚年隐居于蓝田辋川别业，弹琴赋诗，闲适田园。他留诗四百余首，后人称其为"诗佛"。

②传说八仙中的韩湘子在此修炼，得道化羽，成仙飞升。因此辋川锡水洞被称为道家第五十五福地。一九八一年，锡水洞发现大量哺乳动物化石和古人类遗物，距今约一百一十万年。

白云寺①

悠悠千年白云寺，巍巍太行横嶙峋。

未见寺僧敲山鼓，梵地隐隐佛乐闻。

古柏翠竹泉不响，参天银杏诉年轮。

松风阵阵林苍碧，禅心拂云北天门。

二〇一六年五月一日于辉县

【注释】

①白云寺：始建于唐代，位于河南省辉县西北二十五公里的白麓山下，寺前五株千年银杏树参天蔽日，周围千亩松柏，竹木荫合，泉水环绕，十分幽静。

华清池

雨中烟树伴榴花，温汤骊宫帝王家。

霓裳曲回飞檐暗，岭上烽台火也瞎。

若无荔枝飞骑过，哪有马嵬不前马。

民国张杨兵谏戏，唱罢抗倭令始发。

清荷游鱼绕古树，流泉彩绘满园华。

千古兴废成旧事，九龙腾飞强华夏。

二〇一六年五月七日

金岩沟①

白云照绿山，石上飞流泉。

林荫萦溪响，黄牛做神仙。②

清风曳松影，蜿蜒九道湾。

太华有奇险，秀水洞金岩。

二〇一六年五月二十一日

【注释】

①金岩沟：地处秦岭东部华阴华阳川，为大敷峪一分支峡谷，长约二十公里。沟内原始森林茂密，清泉流水，风景秀美。

②金岩沟内岭上有一天然石洞，被称为"神仙洞"，成为一群散养黄牛的栖息之地。

大　同

千年兵戈乱雁门，王旗变幻塞外云。

北岳横绝悬空寺，华严梵刹映辽金。

四面牌楼通衢远，八方美食凤阁临。

云岗佛耀雕工艺，九龙壁照王府沧。

夷狄王霸茶余韵，罪儿石晋唱孝文。

凤凰涅槃新城美，御河载舟大同人。

二〇一六年五月二十九日于大同

真情无价

——看《追鱼》有感

情动银波照碧潭，真爱无价轻官钱。

包公不举斩妖剑，假作真时义在前。

千年修行鳞三片，付与观音酬爱田。

世人莫笑鲤鱼痴，至诚不负是心缘。

二〇一六年六月七日

大水川①

南由古道越千年，卧虎襟陕卫陇关。

山浅流清甸如茵，盘龙直上大水川。

梅鹿孔雀接客远，林茂马疾高风寒。

福水宝珠白音寺，灵宝悬壁峡中仙。

攀缘遥望形胜地，高速早破铁笼山。

神鸟已司腾飞曲，九龙竞舞艳阳天。

二〇一六年六月四日

【注释】

①大水川：位于陕西省宝鸡市陈仓区香泉镇，为著名的南由古道交通枢纽，曾被誉为关陇腹地第一名城。大水川水绿山青，风景秀丽；灵宝峡景象独特，山石壮观；白音寺坐落于峡口，相传为尉迟敬德奉唐太宗命始建。

登钟鼓楼

空中翻飞鼓楼燕，晨钟声闻六百年。

不见悠悠南山面，梦里再回篱园边。

鼓乐编钟娱客眼，雕梁画栋古艺传。

东西南北长街远，遥念长安巍巍然。

二〇一六年六月十日

关　爱

轻松筹钱网络功，善行义举如潮涌。^①

爱心无价宜慎捧，万难无忧陕鼓情。

重疾保障有九重，十年救助功德丰。^②

暖心关怀拂春风，员工第一企业兴。

二〇一六年六月十五日

【注释】

①一员工患重病，通过"轻松筹"网络平台发起求助，上千员工和社会人士纷纷捐献爱心，一天即募得善款三十万元。

②陕鼓集团自二〇〇六年起建立了"陕鼓情"救助体系，通过不断完善已经建立起多重医疗救助报销制度，解决了员工的实际困难。

雨　竹

翠篁高节雨涤云，

碧叶含露枝梢沉。

几竿新竹直且瘦，

挺出林上拔管吟。

二〇一六年七月十四日

万亩荷塘①（二首）

（一）

雨后云开霭蒸腾，未闻潇潇敲叶声。

待看盘中滚珠玉，粉彩色映笑脸红。

遥照西岳莲花峰，碧接三河绿重重。

无边荷香沁人醉，水下早有玉生成。

二〇一六年六月廿五日

（二）

水鸭戏莲人来惊，翠鸟低飞逗绿蓬。

白荷开处蜂采蕊，碧叶掩映芙蕖红。

我欲挥笔绘倩影，骨朵向天待书童。

万亩荷田无穷碧，天工劳作问莲农。

二〇一六年七月三日

【注释】

　　①万亩荷塘：位于三门峡库区移民安置区，当地大力发展莲藕产业，移民由此走上致富之路。

赏 荷

白莲粉蕊映日明，碧塘朵朵竞芳容。

红荷绿叶新蓬秀，顾盼端详踟蹰行。

含苞待放馨如清，并蒂脉脉别样情。

君子花开六月天，山河添彩金芙蓉。

二〇一六年六月廿九日

向日葵

朝露追日到晚霞，

情痴何处不作家。

难随赤乌天上去，

大地盛开黄金花。

二〇一六年七月三日

残 荷

——感连尊、雅玲荷花诗句

花开娇艳自有时，
花去蓬举果孕枝。
落红无须悲惜叹，
残荷叶下玉满池。

二〇一六年七月二十五日

附诸友和诗：

李连尊原诗：

落红甘做无颜物，化作春泥更护花。
花开有境心无境，芳丛处处是天涯。

梁雅玲原诗：

荷花落去君伤悲，满地莲藕挺直身。
去亦去兮来归来，世事变迁莫担心。

怀念母亲

——母亲逝世二十周年祭

离别整整二十年，音容笑貌在眼前。

摩挲难牵劳作手，梦里追爱到黄泉。

常忆母亲谆教诲，难忘儿时度日难。

教我做人莫自大，人大不值骡马钱。

雁过留声高飞远，人过留名须自谦。

人穷身正志不短，谦虚平和广人缘。

人心实诚人尊敬，火心虚空旺火焰。

他人有恩常系念，一尺当用一丈还。

母亲慈祥性良善，终生辛劳最平凡。

日寇侵略国遭难，少小逃难离家园。

望乡台上乡不见，梦里思乡六十年。

嫁与父亲心含冤，委屈和药强自咽。

父亲亦是蒿间草，失怙失恃在幼年。

同命岂有不相怜，母亲挑起家中担。

堂兄革命投延安，伯母比母奉九年。

战乱亲友常投奔，倾心竭力共患难。

租房搬家房东叹，三口之家住十三。

有人得病怕传染，侍奉吃喝您不嫌。

五姨孩多难周全，年年帮做单和棉。

金王两家亲人多，母亲懿行口碑传。

仁德高风崇博爱，勤劳坚忍尚朴俭。

真诚宽容睦邻里，助人从未思有还。

素昧老人求药引，心爱乌鸡舍于前。

邻家扯布求裁剪，端起笸箩遂人愿。

家长里短和为贵，克己处处结善缘。

兄弟四人小到大，更有妹妹哺育难。

儿女成长心血换，大爱无边苦亦甜。

犹忆油灯无油点，蓖麻照明书本前。

贪玩不知饭时过，妈妈声声唤回还。

短缺时代少吃穿，补丁整洁到人前。

全家挤住房一间，窗明几净物井然。

每每出门常叮嘱，牵肠挂肚把心牵。

儿女成家母操劳，儿女平安心始安。

母亲劳心未有尽，后辈挨肩到眼前。

孙儿个个心头肉，哪个不曾费心田。

天寒衾冷炉边烤，夏夜蚊虫扇子扇。

缝缝补补昏灯下，睁眼闭眼哪有闲。

也曾工作托儿所，全心付出家长赞。

受托家中孩儿管，父母个个接走难。

童稚天真知晓爱，奶奶怀抱更温暖。

困难时期瓜菜代，尽儿吃饱自尝残。

铁路坡下开荒地，野菜树叶充饥寒。

农村炕头纺棉线，粗布染青做衣衫。

生活艰难挺身过，再苦不添他人烦。

舍身饲儿失健康，哪顾浮肿自命悬。

最难一九七二年，父亲病故在大年。

无助自助不求助，刚强携儿渡难关。

无量苦心不舍志，有泪从不当儿弹。

插队常来农民友，千方百计把客安。

床铺让与客人住，自己厨房把身蜷。

又恐乡亲食未饱，专买大碗待客饭。

儿女先后上了班，嘱咐学习在人前。

切勿操心家中事，练好技能尊师贤。

教儿工作踏实干，与人相交用心换。

凡事目光长远看，公家便宜切莫沾。

在家纵有千般好，出门难免一时难。

能帮人时帮一把，不可冷面把人嫌。

唤声母亲思无尽，愿聆殷殷絮叨言。

天塌地陷肝胆裂，母亲离世太猝然。

七十四岁不算老，苍天为何不假年。

深恩未报长留恨，母爱绵绵回九天。

英灵在天常护佑，挚爱儿孙已成年。

祖国面貌生巨变，家庭生活地翻天。

时光如梭难回转，清风徐徐传嘉言。

今天又逢处暑日，一捧鲜花献尊前。

话长时短不尽意，妈妈恩德说不完。

母子情长未有尽，来世还做您儿男。

二〇一六年八月二十三日

立 秋

晚来雨打窗，晨蝉唤秋凉。

牵牛花正艳，榴园套袋忙。

葫芦墙头挂，豆角架下长。

南瓜田畔卧，秋桃伴高粱。

一年秋又至，天爽暑将藏。

最喜丰收季，绿野演红黄。

二〇一六年八月七日

淳 化

冶峪河边矗大鼎，甘泉湖上索桥行。

陡崖壮观大峡谷，待看平湖映青峰。

爷台山上寻战地，烈士热血嫣土红。

嵯峨仲山泾塬美，百果飘香报劳农。

二〇一六年九月三日

中 秋

——贺天宫二号升空

曲江歌舞萦长安，今夕明月照故园。

天宫相伴月宫去，嫦娥惊喜出广寒。

寂寞忽闻乡音近，共饮桂花酒更甜。

明朝天街开市日，长袖曼舞兴无前。

二〇一六年九月十五日

【附记】

二〇一六年中央电视台中秋晚会在曲江大唐芙蓉园举行。随即，天宫二号成功发射升空。

朱雀国家森林公园①

幽谷腾空峰峦远，冻岩融结亿万年。

千层绿浪回溪响，高山草甸松风寒。

蛟龙出涧飞银练，天河倒挂入碧潭。

伏龙岭边石如海，砍樵封仙戏金蟾。②

林下曾有神仙聚，③而今游山多等闲。

忽见冰顶入云海，造化无穷大自然。

二〇一六年九月十六日

【注释】

①朱雀国家森林公园：位于户县（今西安市鄠邑区）南部秦岭北麓，距西安七十三公里。

②刘海戏金蟾是古老的民间传说故事。相传刘海故里在户县阿姑泉，其家贫如洗，为人厚道，事母至孝；在秦岭山中砍柴遇吕洞宾，授以仙丹，得道飞升而去。其妻麻姑终日翘首以盼，化身为石，屹立于山上，即今望夫嘴。

③相传八仙中的韩湘子在风景秀丽的秦岭山中邀请群仙聚会，其手印足迹至今尚存。

小区秋日

绿篱不掩桂花香，白果满枝叶未黄。

池间红鱼轻作浪，鸟语人声琴曲扬。

晨早剑锋映霞光，暮色明灯照书房。

天朗秋高家园美，老幼和谐幸福长。

二〇一六年九月二十三日

和小丁^①

知音伴茶情意真，

人生知己本难寻。

灯火阑珊藏秀影，

缘解思念十口心。

二〇一六年九月二十六日

附小丁原诗:

一杯清茶待知音，半生知己有几人？

今世红颜在何方，十口心思念佳人。

月 鉴

——看《长恨歌》有感

月圆无非上下弦，霓裳曲回越千年。

重色轻国君王罪，马嵬坡下埋玉颜。

天日昭昭空盟愿，比翼连理在梨园。

渔阳鼙鼓声未远，醉吟歌舞看等闲。

二〇一六年十月五日

重　阳

重阳正逢寒露时，阴雨不显秋风迟。

登高未必应风景，云散日出更舒适。

敬老当效愚公志，力践忠恕尊贤痴。

后辈日新催人老，心气常青不沉池。

二〇一六年十月九日

旗　帜

——纪念长征胜利八十周年

激流弹雨沐征尘，雪山草地放歌吟。

惊天动地鬼神泣，百折不挠红军魂。

牺牲铺就通天路，鲜血绘染国旗新。

初心不改凌云志，继往开来待后人。

二〇一六年十月十二日

兵谏亭^①

虎斑石峡羞蒋公，
抗日救亡四海声。
张杨名入千秋谱，
兵谏大义统战功。

二○一六年十月十六日

【注释】

①兵谏亭：位于陕西省西安市临潼区华清池后的骊山半山上，"西安事变"时蒋介石在此被抓获。一九四六年胡宗南发起修建此亭，名曰"正气亭"，中华人民共和国成立后更名为"捉蒋亭"。一九八六年十二月在纪念"西安事变"五十周年前夕，再次易名为"兵谏亭"。

秋 山

菊香送我上峰峦，红叶傲霜照蓝天。
酸枣丛中忽亮眼，山楂园里人尽欢。
枝上残榴怯树寒，枝头火晶引鹊鸰。
秋光五彩山色艳，岭上放声几重连。

二○一六年十月三十日

火 晶

树树红晶火欲燃，
犹忆童年翻柿钱。
怡口沁心甜似蜜，
惜福更待寿喜年。

二〇一六年十一月五日

枫 藤

飞霜壁上绘彩屏，
一夜描得赭赤橙。
垂绦随风曳火焰，
绿波卷起云霞红。

二〇一六年十一月十日

汉阳陵银杏

金光辉映五陵原，
飒飒秋叶耐岁寒。
何人植此林一片，
名盖汉景风头前。

二〇一六年十一月十二日

红 枫

灼灼赤霞照碧天，
红云飘落层林间。
秋深暮寒霜色重，
浓抹岭峦夕阳边。

二〇一六年十一月十四日

雪 意

阴岭苍茫雪皑皑，
骊山披银满目白。
琼花向天开三日，
阳光可否慢洒来？

二〇一六年十一月二十六日

竹

曲径翠竹四时新，挺拔接天拂白云。
年年旧根起新笋，几管窗前伴书吟。
溪边曳影高士卧，月下婆娑踏爱真。
箫笛抑扬人间曲，抱节洗俗独傲君。

二〇一六年十二月三日

卤阳湖^①

一泓碧水接蓝天，此地便是卤泊滩？
水鸭湖面戏鸿雁，金柳芦荻耀岸边。
靡不有初诤臣愿，^②十八名人兴强汉。
漫步新湖赞变换，宝珠熠熠照秦川。

二〇一六年十二月四日

【注释】

①卤阳湖：位于陕西省渭南市蒲城县。

②杨爵，富平人，曾任蒲城县令，明嘉靖十一年（一五三二年）擢升为监察御史，以极言进谏著称于当时，与海瑞为同期诤臣，时有"北杨南海"之称。

晓　月

西望黎明月骑山，
玉兔相随一行仙。
东岭待托红日起，
疏影已上鹊巢间。

二〇一六年十二月十八日

085

砥砺前行

骊山巍巍绽笑颜，遥望广厦忆昔年。
席棚底下造风机，铁水钢花汗如泉。
爱我陕鼓不停步，求实创新劲更添。
丰碑铭记创业史，改革开放谱新篇。

渭水流波舞翩跹，两个转变高扬帆。
市场服务开新路，流程再造天地宽。
聚力文化价值观，资源整合全球间。
硕果累累夺目艳，变化犹比地翻天。

踏浪创新看世界，择路换道不歇肩。
分布能源战场阔，号角吹响山河间。
人人献计又献策，八方纷至捷报传。
向上向善陕鼓人，勇担使命再争先！

二〇一六年十二月十三日

腊 八

腊八煮粥暖尚遥，
重重雾霾惹心焦。
何得风神驱妖雾，
青竹黄梅照碧霄？

二〇一七年元月五日

清江风光

水墨绘染云雾山，清江水深碧如潭。
黄柚红橘冬犹艳，钟乳石悬功千年。
新街飞檐跃鹄燕，景阳虹桥映长天。
民族团结同心曲，共建锦绣大花园。

二〇一七年元月八日于建始县景阳镇

青树岭①

山雀叽叽天破晓，
漫步山径雾潇潇。
蹊近山居闻犬吠，
忽见山上雪花飘。

二〇一七年元月十日

【注释】

①青树岭：位于湖北省恩施土家族苗族自治州建始县战场坝村。

三　九

桃园已现枝头芽，
春风化雨二月花。
天凝寒山存紫气，
深根蕴势待勃发。

二〇一七年元月十四日

接孙女

四年春节度岭南，今日高铁过秦关。
千里归程不知倦，翘首人流眼未酸。
忽然飞出轻盈燕，老脸亲吻小脸甜。
笑语问答连珠箭，可有白雪润新年？

二〇一七年元月十八日

大庆路①

张骞西望大路宽，车流奔涌竞扬鞭。
苍松遒劲争天地，法桐遮阴记轮年。
林间晨曲歌舞拳，地下疾驰铁龙穿。
丝路驼铃音韵远，四海通达道无边。

二〇一七年元月二十二日

【注释】

①大庆路：西安市莲湖区大庆路因为一九五九年中华人民共和国成立十周年献礼而得名。东起玉祥门，有张骞骑马持节铜像矗立；西至阿房路，丝绸之路群雕驼队逶迤，此地为丝绸之路的起点。

过 年

春回祈丰年，阖家庆团圆。

爆竹除旧岁，桃符换新联。

举杯人尽欢，饕餮桌上盘。

国兴逢盛世，民享太平年。

莫贪醉乡暖，世有饥人寒。

丰足尚勤俭，恒念物力艰。

更有虎狼觎，浪涌乌云翻。

除霾蓝天现，仗剑保平安。

知福当惜福，忙人节未闲。

撸袖加油干，鸡鸣唱来年。

二〇一七年元月二十六日

压 岁

传说祟侵小儿痴，除夕不眠防妖指。

八枚铜钱驱邪去，竞串彩绳春时掷。

祈福灭灾吉祥意，岂可异化比金赤。

贻红童心喜不禁，爱心亲情钱非尺。

二〇一七年元月二十七日除夕夜

黑天鹅

未近已闻引颈歌，
群鹅嬉浪暖寒波。
墨羽划破澹然水，
浮舟振翅云天阔。

二〇一七年元月三十日

看花灯

长安塔下万盏灯，此身疑在天街中。
恐龙漫步浐灞上，昂首戏珠双龙腾。
美人鱼戏波浪涌，梅鹿拉橇雪地行。
牡丹富贵雍容态，彩蝶飞舞荷花中。
十二生肖竞靓彩，骏马满车载丰登。
三羊开泰吉祥意，熊猫翠竹自在风。
梅兰竹菊君子名，鹊桥今日喜披红。
丝绸之路通四海，隐隐传来驼铃声。
鸟语花香民安乐，太平宝象国泰丰。
春节八方同欢庆，共襄中华再复兴。

二〇一七年二月五日

影

树影凌空天放明，
山影照路峦重重。
踏山人影情怏怏，
寒岭一过春影迎。

二〇一七年二月五日

元宵寄情

高天新月明，大地起春风。
长安片片灯，引得万巷空。
金鸡唱寰宇，摩肩接踵行。
祥云飞彩凤，赤柱盘金龙。
宫阙连百丈，鱼跃瀑潭中。
忽念儿时节，今夜暖风轻。
竹竿挑灯笼，笑盼明月升。
荷花衬绿叶，兔儿大眼红。
鼓灯明又亮，白菜叶子青。
妈妈灵巧手，月下快乐童。
昔年元宵夜，长留记忆中。
岁月已巨变，汤圆不了情。
简朴与辉煌，都付明月中。

二〇一七年二月十二日

汉城湖

粼粼清波绕汉城，一阁雄峙唱大风。
英杰辈出强天汉，愚盘承露建章宫。
摇船戏水儿童趣，游乐场上飞龙腾。
梅花怒放迎春早，续写华章鬼神惊。

二〇一七年二月十九日

春 雪

暖阳一夜又回冬，
雪花恋春自多情。
天公美解伊人意，
借尔苍穹舞东风。

二〇一七年二月二十一日

隔辈亲

至纯莫如童真，
至美莫如童音。
至乐莫如童趣，
至善莫如童心。

二〇一七年二月二十四日

醒 龙

四海五岳扶摇风，二月祥云金龙腾。

春雷一声传宇内，遨游八方踏浪行。

澍雨济世苍生庆，炯目如电鬼魅惊。

千年和合传人众，潜渊直上九天重。

二〇一七年二月龙抬头日

春 光

天湛风轻柳芽黄，

寻春何须到花乡。

且看墙边粉鸾枝，

芳蕊竞艳争暖阳。

二〇一七年三月一日

飞 练

白练翻飞舞蓝天，

彩虹弯弓开月满。

鬼哭狼嚎何所惧，

长剑在手箭上弦。

二〇一七年三月二日

窗　前

推帘忽闻缕缕香，

满树李花已上窗。

绿茗伴读酌半盏，

修心不负好时光。

二〇一七年三月十六日

附诸友和诗：

白晓琳原诗：

即兴相和

阳春何处不飘香，桃红李白竞芬芳。

莫道光阴催人老，品茶醉酒趁时光。

丁志超原诗：

和老金

春风斜雨暖又凉，桃李争艳竞入窗。

人间三月好风景，田垄妪翁忙时光。

李连尊原诗：

和老同学

昨夜花香入梦窗，醒来更痴美春光。

老来修心常读书，不枉今生踏夕阳！

焕古茶

巴山雨雾瑶草碧，云中茶歌引醉迷。

白练飞落银针起，沸水入壶展翠旗。

汤淡偏得浓滋味，新芽满杯情已溢。

日月精华含朝露，沁心袅袅到紫邑。

二〇一七年三月十八日

白丁香

素淡香愈浓，

不争粉紫红。

春色缤纷里，

馥郁暗随风。

二〇一七年三月三十日

赏桃花

桃园游来爱花仙，

怒放含苞皆入眼。

摄得香魂回家转，

梦里还要闻三番。

二〇一七年四月二日

凤翔东湖

三月雨丝细若棉，饮凤池^①边陨石坚；

西湖扬波东湖柳，苏轼美名传千年。^②

喜雨亭记忧民愿，^③疏浚造桥广植莲；

古柳楼台说兴替，人心自有公平田。

二〇一七年四月三日

【注释】

①饮凤池：相传古时有瑞凤飞鸣过雍，在此饮水而得名。

②北宋大文学家苏东坡任凤翔府签书判官时，倡导疏浚扩建，植柳种莲，建亭造桥，因饮凤池位于府城东门外而更名东湖，至今已近千年。苏东坡后来又在杭州修建西湖，故有"西湖水东湖柳"之说。

③苏东坡在凤翔任官时遇天大旱，官民愁而祈雨，天遂人愿，大雨连下三天，百姓欢呼雀跃。苏东坡遂将庭前竣工新亭命名为喜雨亭，并写了一篇文章名为《喜雨亭记》。

梨　花

万树香雪细雨寒，

高洁不争群芳前。

清蕊含露惜落瓣，

化作秋月金满园。

二〇一七年四月八日

陕鼓之花

——赞张祥蛟美篇《新春花海在陕鼓》

轻风飘香你我家，
处处缤纷艳丽葩。
爱我陕鼓情无悔，
年年喜阅四季花。

二〇一七年四月十三日

化女泉①

凡心未通玄妙经，
娇姑岂不美牧童？
杖起泉涌得真道，
吉祥草引凤长鸣。

二〇一七年四月十五日

【注释】

①化女泉：位于陕西省周至县楼观台以西一公里处。传说，徐甲曾为老子牧牛，在此修道，老子想传玄妙真经与他。为了考验徐甲，老子化作一扶杖老者，将吉祥草变为美女，来到徐甲面前说："人生苦短，何必修行，如愿随我回家，愿将小女嫁你。"徐甲闻听大喜，称愿随行。老子怒，顿杖入地，杖起美女无踪，所站立处涌出甘泉，故得名化女泉，清流至今不绝。徐甲受此点化，从此心无旁骛，终成正果。

延生观①

巍峨并非天宫阙，公主慕仙裁云月。

瑶台雅士吟新曲，暮鼓晨钟浑忘却。

清心应无烦恼扰，寡欲可听神仙乐。

麻姑仙翁耄耋寿，终南能将尘埃绝？

二〇一七年四月十五日

【注释】

①延生观：位于陕西省周至县楼观台以西大约三公里处的就峪口。始建于唐，曾称玉真观、玉真祠、升天台，为玉真公主修道的场所。

竞 行

——二〇一七陕鼓员工健步走活动

天湛风清人济济，

竞步栈桥翠竹喜。

千人挥汗争先去，

凤舞凰飞青谷里。①

二〇一七年四月二十二日

【注释】

①凤凰谷：位于陕西省西安市临潼区凤凰大道上。

河　堤

红绿扮靓渭河岸，湖洒明珠水连天。

槐花紫白溢香韵，堤上风高飞纸鸢。

浐灞车行公园里，沣滈桥边看牡丹。

泾渭新城美如画，五陵原望新草滩。

沙坑坎坷成旧忆，坦途大道走秦川。

二〇一七年四月二十二日

紫霞湖①

紫霞飞湖面，

山浮云水白。

青岭泛波影，

绿岸洗尘埃。

笑问垂钓翁，

上得几尾来？

二〇一七年四月二十三日

【注释】

①紫霞湖：位于陕西省西安市临潼区韩峪乡，即韩峪水库。

山楂花

不争桃杏晓春丛，
遥望梨花带雨晴。
白玉层台妆碧树，
朵朵引蜂种秋红。

二〇一七年四月二十九日

登石鼓山①

龙脊危崖媲太华，扶柏抓岩惊滑沙。
挥汗峰顶天高阔，石鼓震远整兵家。
南望重峦波无涯，北览塬色川风刮。
松柏堆得层林翠，石窝旧痕忆"红花"。

二〇一七年四月二十九日

【注释】

①石鼓山：位于陕西省渭南市临渭区阳郭镇石鼓山村，山势险峻。自秦朝以来先后有五个朝代在山上修建庙宇，历代文人骚客社会名流常常涉足于此。公元九年，刘秀曾在此指石为鼓，击鼓整兵，后命人修建"红花寺"以示纪念。公元六八四年，唐高宗李治又重建庙宇，扩大规模。一九五八年以前尚存一石砌三层楼阁。

101

夜登烽火台

一城灯火映烽台，无边繁星照天开。

柏香萦绕神仙睡，雨后风清拾阶来。

贵妃枉痴宫灯火，褒姒烽烟幽王埋。

夜没绣岭掩秀色，西望长安祥光白。

二〇一七年五月三日

天 使

——献给护士节

轻唤步匆匆，软语笑盈盈。

银针驱魔去，操作细益精。

床边融融意，巡查日日功。

病人即亲人，白衣拂春风。

不识四时变，何计八节轻。

生命爱护佑，无愧天使名。

二〇一七年五月十二日

虞美人

秦塬不闻楚歌声，
花开更比杜鹃红。
娇妍笑映蓝天下，
血色丽日报江东。

二〇一七年五月十三日

军 训
——为友人军训题照

东方鱼白照疏星，演兵场上军歌声。
摸爬滚打坚如铁，飒爽英姿看女兵。
炼钢须得千百度，夜半拳舞剑气风。
训练恰似人淬火，苦乐奋斗壮人生。

二〇一七年五月十四日

阳光下

——偶感

光和欣欣万物荣，一缕催花朵朵红。
婆娑千姿看疏影，洒向山川庆收成。
哪有乌云能蔽日，风雨原来洗碧空。
寰宇朗朗人间美，澄怀观道道清明。

二〇一七年五月十七日

石榴花

焰霞燃向碧翠间，五月火烧两千年。
明皇花下曾纵酒，太真传情朵轻拈。
异域护佑美与爱，华夏嗟香赖张骞。
而今盛世通丝路，石榴花誉满长安。

二〇一七年五月十九日

飞燕草①

冷眼刀剑呼正义，
魂魄辉耀自由旗。
蓝花长天归一色，
化作飞燕还故里。②

二〇一七年五月二十日

【注释】

①飞燕草：一种草本植物，因其花形别致，酷似一只只燕子，故名之。

②传说古代一部族受迫害远走他乡，族人死后化作飞燕飞回故乡，魂魄附于弱草之上，开放出美丽的蓝色花朵，期盼着正义与自由。

金丝莲

笑看朝霞抹峰峦，
万绿丛中金丝莲。
无意庭院墙边趣，
自在山野傲蓝天。

二〇一七年五月二十日

鲁冰花

兴平丰仪镇高家村引种百亩鲁冰花，色彩绚丽，惊叹天成！吸引人们蜂拥前往观赏。联想到那首有名的歌颂母爱的歌曲《鲁冰花》，有感而作。

一歌名传华夏，心曲遂愿赏它。
天赐七色绚丽，彩虹落入田家。
百折不念悲苦，幸福温暖有妈。
星光闪烁无语，思亲梦里寻她。

二〇一七年五月二十日

小　满

骊塬梯田垄已黄，渭北风含小麦香。
樱桃甜瓜满街卖，石榴园里人正忙。
斑鸠追逐林边戏，布谷报节声声长。
穗穗盈圆五月天，喜待开镰粮满仓。

二〇一七年五月二十一日

端午情思

饕餮不念种田苦，楼高谁见搬砖忙？
龙舟竞渡寻屈子，遗恨汨罗留诗章。
家家新线裹角粽，樱桃桑葚艾叶长。
辟邪祈福装香袋，五毒不侵饮雄黄。

二〇一七年五月二十六日

蜀　葵

谁洒墙边一片霞，五彩灼灼照人家。
晨风起时红初露，夜雨催枝节节发。
未赶早春群芳会，迟来守拙羞自夸。
敛蕊化蝶丛间舞，日日登高开新花。

二〇一七年五月二十七日

观　云

天暮云飞乱夜空，兴风莫非南海龙？
排山堆起祁连雪，薄纱轻幔月朦胧。
浪涌波涛流无声，行雨忽见星光明。
我欲扯下云一片，乘风鸟瞰大鹏城。

二〇一七年六月二日于深圳

107

题 图

——和王建民诗一首

朝日腾水一江辉，

岸柳无风燕穿飞。

舟行晴川歌声起，

温酒待君满载归。

二〇一七年六月十二日

附王建民原诗：

日暮霞红半江辉，柳绦徐徐浣纱垂。

几家新妇温旧酒，江远渔人迟迟归。

夏 至

候至阳极催阴生，柳下初闻嫩蝉鸣。

碧塘喜观莲并蒂，岭上待采肥桃红。

山川竞秀郁葱葱，长云吞雷雨骤行。

爽咥①消暑面一箸，夏耘挥汗望秋成。

二〇一七年六月二十一日

【注释】

①咥：即吃，陕西方言。

108

山之晨趣

丛中蝶双飞，
花上蜂采蕊。
柏香引风醉，
雏影放歌追。

二〇一七年六月十七日

游雨岔①记

甘泉有雨岔，高原入地峡。
百旋通秘境，千层到仙家。
谁拧彩染布，五色绘高崖？
举目天有隙，婆娑炫光洒。
岩峭斧劈山，石柔流幽雅。
忽若云飞卷，又现大漠沙。
苔绿丝丝寒，壁照烨烨华。
轻抚窈窕姿，舒卷蜿蜒画。
绿野浮暑气，谷中清冽夏。
借尔一臂力，涉水攀趾滑。
僻壤藏锦绣，壮丽自然花。
惊叹造化美，不言名天下。

二〇一七年六月二十六日

【注释】

　①雨岔：雨岔大峡谷，位于陕西省延安市甘泉县下寺湾镇雨岔村。亿万年地质作用和雨水冲刷，在红砂岩上形成了壮美的自然奇观。

七一感怀

长夜灼火南湖灯，井冈农工战旗红。

长征惊世鬼神泣，驱倭扫顽旭日升。

社会主义开新路，改革发展伟业兴。

百年奋斗不渝志，中华雄起万世功。

二〇一七年六月二十二日

阵　雨

风急叶飞扬，
雷紧雨溅窗。
竹曳松摇乱，
云起复斜阳。

二〇一七年六月二十九日

山丹丹

——此花献给党的九十六周年诞辰

朵朵向阳映碧天，独秀高原野岭间。

井冈杜鹃血色艳，一曲红遍是延安。

五湖四海旗漫卷，巨手擎起中华天。

群芳竞秀随春去，崖畔犹靓山丹丹。

二〇一七年七月一日

潼关记忆

陕军慷慨出潼关，嶙峋中条卫家园。
八百昼夜血与火，浪卷冰澌英雄汉。
男儿生死分界处，忠魂无名壮河山。
华岳丰碑千秋在，浩气长存天地间。

二〇一七年七月七日

【附记】

一九三八年，日寇汹汹，欲吞我中华，直扑晋南。国民革命军陕西第三十八军、九十六军和两个独立旅组成三十一军团，由孙蔚如将军统领，于七月二十二日夜，兵出潼关，东渡黄河抗日。在中条山与日军激战八百昼夜，阵亡将士二万一千余人，有数百将士弹尽援绝，纵身跳入黄河。今潼关黄河渡口有纪念碑记其壮举。

流　火

秦川怎成火焰山，炎官炙烤汗已干。
平凡劳动英雄汉，脚手架上马路边。
止渴遥望梅林远，调侃嘴边西瓜甜。
如何借得芭蕉扇，驱灭热魔清凉天。

二〇一七年七月十一日

蝴蝶谷①

曲径幽谷草木深，蛱蝶扑面竞纷纷。

枝下丛间情浓处，绿叶尽绘虎豹纹。

伏天已非花香季，不恋馨艳恋溪荫。

树高蝉鸣寻秋远，叶茂蝶飞又回春。

二〇一七年七月十五日

【注释】

①蝴蝶谷：位于骊山大水沟的山谷中，有虎豹纹的蛱蝶集聚。每年七月，草丛中、树叶上落满蝴蝶，飞起时若秋叶飞舞，蔚然一景。

流峪飞峡①

蓝关古道行云间，流峪飞瀑自天悬。

仙游绝壁珠帘卷，龙宫何时出碧潭？

攀缓直上断崖顶，南望白云绕远山。

林端青瓦粉墙外，溯溪还有一重天。

二〇一七年七月十六日

【注释】

①流峪飞峡：位于陕西省西安市蓝田县九间房乡。

盼 凉

火龙盘踞关中天，
三大火炉拜西安。
清风润雨归云位，
热魔请回天竺山。

二〇一七年七月二十一日

沙场点兵

——看纪念建军九十周年阅兵式有感

虎贲云集朱日和，钢铁军阵英雄多。
鹰群铺天长空剑，黄沙漫卷铁甲车。
热血男儿气干云，霸王花佑太平歌。
九十奋斗血浴火，试看谁敢把刀磨。

二〇一七年七月三十日

玻璃桥

凭栏沣河望渭城，
举手欲抓桥面风。
低头水中波含日，
笑看红衣怯步惊。

二〇一七年八月十三日

石瓮寺①

遇仙桥上云雾间，
树隐古寺无厨烟。
火神寻瀑问水仙，
何时重现飞灵泉？

二〇一七年八月二十六日

【注释】

　　①石瓮寺：位于陕西省西安市临潼区骊山东绣岭，创建于唐开元年间。因寺西山涧有悬泉流水，击石成皿，形似瓮而得名石瓮寺。现有建筑为清代在原寺故址所建。

城之变

楼群争矗恨天高，
长街八达上立交。
公园绿地新湖美，
归燕何处寻旧巢？

二〇一七年八月十六日

华山论剑　文化中国

——传承中华优秀文化高峰论坛

曲江熠熠耀群星，论剑劲炫中国风。
文心诗魂雄万代，百族共襄丝路功。
秦中文化荟萃地，光昌传承响鸿声。
八方大咖神仙聚，指点江山看后生。

二〇一七年九月二日于曲江

退　休

远踪如烟五十秋，搔首未觉已白头。

无墨不思鸿猷计，琐事平凡尽心谋。

知己谈笑对诗酒，朝露晚霞伴绿畴。

从此歇卧随心去，山水云天多自由。

二〇一七年九月五日

马陵冢^①

飞驰电掣疾如风，

奋蹄腾云傲长空。

龙马精神传万代，

神驹何曾入马陵。

二〇一七年九月七日

【注释】

①马陵冢：位于陕西省西安市临潼区北田街道马陵村，传说隋唐英雄秦琼的黄骠马死后被葬于此，因而得名。今当地围绕马陵冢建设了一座以马文化为主题的公园。

116

车游湿地公园

渭水滔滔流无声，碧湖照天鹭鸟鸣。
绿荷举蓬芦花远，柳荫接步栈桥行。
灞河桥外湿地美，谁晓十里旧沙坑？
车轮徐徐沐清风，遥望泾渭是新城。

二〇一七年九月八日

渭南老城

西关大街小桥东，面貌依稀寻旧踪。
沈河岸柳拂湖面，老街新颜唤东风。
三秦要道出陕晋，九省通衢进关中。
童年记忆成缩影，湮没长街广厦中。

二〇一七年九月八日

郑国渠^①

千古清流唱郑国，
关中世传惠民歌。
龙鳞滩上记变换，
渭北沃野出泾河。

二〇一七年九月十日

【注释】

①郑国渠：位于陕西省泾阳县西北二十五公里的泾河北岸，为我国早期的大型水
利工程之一。

泾渭分明^①

浊者恒浊，清者自清。
一水共之，界线分明。
清水入浊，浊流激清。
悠然扁舟，骑河向东。
居高望水，明辨渭泾。
近岸观之，粼光日影。
河流千古，不废异同。
成语典故，胜景关中。

二〇一七年九月十一日

【注释】

①泾河是渭河的最大支流，在高陵区两河汇流处由于含沙量不同，形成一清一浊，
界线十分明显的自然景观。

雨中山

天绘水墨淡，
雨洗绿意浓。
云低浮秋山，
雾起石榴红。

二〇一七年九月十日

安吴堡

蓝天搭帐山作墙，革命熔炉炼纯钢。
安吴寡妇传奇事，①国难自有青年强。
坚韧精神传一脉，金银石鉴日月光。②
茶盐古道留佳话，青训才是辉煌章。③

二〇一七年九月十七日

【注释】

①安吴寡妇周莹，十七岁由三原周家嫁到泾阳安吴堡吴家，婚后一个月丈夫去世。她历经艰难终成吴氏商业掌门，重振家业成为陕西首富。

②现存吴氏庄园仅为鼎盛时期吴氏兄弟东西南北中五大院落中的东院吴家寡妇居住的一组三进四合院，虽历经百年风雨，但风采犹存，飞檐翘角，古朴幽静，砖雕精美。院中女主人生前设置的一块石头，据说在太阳照射下能发出金灿灿的光，在月光下则映射出银光，叫金山银山，成为吴家财富权力的象征。

③安吴青年训练班是在中共中央青年工作委员会领导下，以西北青年救国联合会的名义，在当时的国民党统治区陕西省泾阳县安吴堡举办的培训青年干部的重要场所。旧址即吴氏庄园。

金佛山^①

金龟昂首待日红，
卧佛辉映晚霞明；
千丈绝壁惊回首，
云绕群峰翠海中。

二〇一七年九月二十三日于南川

【注释】

　①金佛山：位于重庆市南山区，是蜀中四大名山之一。

天生三桥^①

造化功成亿万年，天生三桥飞巨渊。
举目雄鹰欲展翅，泉落环崖挂珠帘。
千阶直下龙宫去，大刀劈山照碧潭。
天福官驿曾歇马，金刚无敌亦流连。

二〇一七年九月二十三日于武隆

【注释】

　①天生三桥：位于武隆城区东南二十公里处，是重庆武隆天坑中的神来之笔，世界最大的天生桥群，罕见的地质奇观，中国南方喀斯特地貌的主要代表之一。

仙女山

仙女碧玉落群山，
草原辽阔马牛闲。
绿野茫茫人缥缈，
杉林挺拔出云间。

二〇一七年九月二十四日于武隆

芭拉胡①

芭拉胡上土家风，千尺危崖接埠城。
峡水一带穿桥去，观音拂柳福音鸣。
绝壁栈桥惊亦幻，水墨黔江绘武陵。
昔日瘠山苦寒地，已入华图美卷中。

二〇一七年九月二十四日于黔江

【注释】

①芭拉胡：土家语，意为峡谷，位于重庆市黔江区。

蒲花暗河

粼粼碧波入地河，
小船驶进豚鼠窝？^①
光照壁上神人影，
惊叹造化无穷多。

二〇一七年九月二十五日于黔江

【注释】

①暗河崖壁上一处巨石酷似豚鼠。

桃花源^①

世人荒唐论桃源，
洞里洞外两重天。
陶令田园归一梦，
躬耕自资便是仙？

二〇一七年九月二十五日于酉阳

【注释】

①桃花源：位于重庆市武陵山腹地，因自古"蛮不出洞、汉不入境"的土司统治
政策而沉睡千年，被广泛认为是陶渊明《桃花源记》的原型地。

122

龚滩

百里水墨展卷奇，画廊亦非名家泥。
古镇小街千年秀，吊脚楼下水流急。
险滩已成昨日梦，江上纤夫孑世遗。
红男绿女川流至，乌江号子韵远回。

二〇一七年九月二十五日于乌江边

九黎城①

蚩尤虽败三苗根，万化同铸中华魂。
九黎城堞阅千古，盐泉笔落载古今。
酒碗酬诚长街宴，对歌心甜爱情真。
融同三教崇文字，尚武至今拜战神。

二〇一七年九月二十六日于彭水

【注释】
①九黎城：位于重庆市彭水县，是中国最大的苗族传统建筑群。

夜重庆

灯火辉煌照两江，游轮璀璨码头忙。

镜头寻景处处美，路边琴声伴歌扬。

解放碑边火锅香，朝天门外江风凉。

红岩烈士应笑慰，流金大桥通康庄。

二〇一七年九月二十七日于重庆

昆明池①

昆明池水濯古今，

织女裁云银河津。

鹊桥凌波飞烟树，

汉水浪花溅渭滨。

二〇一七年十月二日

【注释】

①昆明池：位于陕西省西安市城西的沣水、潏水之间，池址附近有石雕人像一对，东牵牛，西织女。

124

泾河菊

未去篱边栽，竞放泾河旁。

凌霜映日红，迎寒冶冶黄。

不争春花艳，独令晚秋香。

蜂蝶萦绕处，天高待重阳。

二〇一七年十月六日

马　栏①

马栏山深叶红早，边区闹红情未了。

理想信念不渝志，薪火相传国至宝。

雪欺冰摧气愈豪，血染山川焰更高。

牺牲精神传万代，后来岂可负前朝。

二〇一七年十月七日

【注释】

①马栏：位于陕西省咸阳市旬邑县马栏镇。革命战争年代，被誉为陕甘宁边区的南大门，中国革命英才培养的摇篮。

125

秦直道

子午岭上寻遗迹，
风挟轮滚猎猎旗。
秦军一统千年去，
犹闻九原杀声急。

二〇一七年十月七日

【注释】

①秦直道：位于内蒙古自治区、甘肃省和陕西省境内，是一条秦代修筑的交通干道。

韶　山

十九大在北京隆重开幕的时刻，我正站在湖南韶山毛泽东广场上，瞻仰毛主席铜像，怀念老人家的丰功伟绩，鞠躬致敬，感慨万千。

鲲鹏奋翅翔九天，韶乐和鸣山河间。
日出东方霞万丈，倒海翻江卷巨澜。
中华广厦煌煌立，雄文铸魂新纪元。
铁锤镰刀开新宇，神州虞舜澍宇寰！

二〇一七年十月十八日于韶山

银子岩

清水绿树小青山，洞中深藏奇幻天。

佛祖说经众庄严，雪山飞瀑落玉潭。

独柱擎天双柱恋，石磬悦耳韵音传。

龙宫巍峨檐出泉，壮锦宝珠映银岩。

二〇一七年十月十九日于荔浦

漓　江

虹桥凌空去，一舟入画来。

天抹江色碧，云写漓水白。

青峰绿如黛，浪摇山日裁。

波光映塔影，岸竹洗尘埃。

二〇一七年十月十九日于阳朔

晚　秋

夜露凝霜秋风凉，

树树碧翠竞换装。

无须远乡寻胜景，

门前秋叶一样黄。

二〇一七年十月二十五日

黄龙一瞥

仙鹤盘飞无量山，莲花祥云兆开元。

五松抱柏创盛世，①风塔高旋岭波间。

龙山蜿蜒红似火，五彩斑斓野花鲜。

车行沟壑绘秋景，喜看采撷树树繁。

二〇一七年十月二十六日

【注释】

①传说武则天刚登基称帝，求振兴大周之方。有神人指教，说北行五百里，仙鹤旋飞之地，莲云升起，真龙现身，可佑大周。武则天得知黄龙县梁山有此吉兆，遂往，夜宿莲云寺。在苦思治国之策时，问："谁可佐我？"有五人应声而入，称愿辅佐女皇，他们分别是娄师德、狄仁杰、张柬之、姚崇、宋璟。武则天大喜，说如此何愁大业不兴。遂命人在院内植松五株，并亲自种植柏树一株，以此为誓。由此创后来大唐开元之基业。五松抱柏巍巍若龙盘云端，成为一景。

晒 秋

——应命为张萍摄《篁岭晒秋》题

石街粉墙青瓦房，

出窗竹竿溢菊香。

金橘采得秋阳暖，

户户凌空晒红黄。

二〇一七年十一月四日

杨树林^①（二首）

（一）

龙骨堆上一片金，
欢声笑语漫穿林。
煌煌映日蓝天下，
秋风且慢曳摇吟。

（二）

金叶岂止银杏有，
白杨唱秋不让贤。
太白难辨煌煌色，
重阳共贺福寿全。

二〇一七年十月二十七日

【注释】

①杨树林：位于陕西省西安市临潼区穆寨乡杨南湾村。这里有一片杨树林，每年秋天吸引着很多摄影爱好者和游人前来拍摄和欣赏。

桥陵①狮

不怒自威桥陵前，如闻低吼山河间。
轻抚能觉肌丰满，腱耸匕爪欲离弦。
雕工魂魄入纹理，炬目炯炯瞭莽原。
大师未名灵兽在，雄踞一千三百年。

二〇一七年十一月三日

【注释】

①桥陵：位于陕西省蒲城县城西北十五公里，是唐睿宗李旦的陵墓。陵墓建制宏伟，总面积达八百五十二万平方米，陵前石刻宏大壮丽，为唐陵石刻艺术之最。

杨凌农高会

后稷教稼漆水岸，粟麦漾波华夏田。
武功城外河滩会，昌明农耕四千年。
杨凌潮聚天下客，五谷百果惊古贤。
育种飞上九天外，机械精巧万能全。
硕果累累无尽看，样样新奇不平凡。
神农慨叹浑若梦，丰登大道更无前。

二〇一七年十一月七日

关中大峡谷①

怪石嶙峋五彩滩，岭横飞瀑挂龙涎。
十里栈道临绝壁，龙女峰记柳毅贤。②
怯步琉璃云下渊，快船划破湖光山。
情归正道真善美，峡口空余龙鳞滩。③

二〇一七年十一月十二日

【注释】

①关中大峡谷：位于陕西省咸阳市淳化县的仲山生态森林公园西南处，它是泾河流经陕西淳化、泾阳间的北仲山形成的峡谷，峭壁高耸，洞深峰奇，曲折迂回。现在淳化和泾阳已分别开发建设成仲山旅游风景区和郑国渠旅游风景区。诗中描述乃泾阳段峡谷景色。

②传说唐朝时，湘籍书生柳毅赴京赶考不中，返乡前去泾阳看望友人，路遇在山坡放羊的龙女。龙女系洞庭龙王的女儿，嫁与泾河龙王的儿子为妻，却惨遭虐待还被逼去荒野牧羊。她得知柳毅自故乡来，便托其带家书一封给父亲，倾诉自己的不幸。柳毅十分同情龙女，慨然应诺，将信送与洞庭龙王。洞庭龙王读信时，被刚直勇猛、疾恶如仇的弟弟钱塘龙王听到，立即赶往泾河，怒杀泾河龙王之子，救回了龙女。洞庭龙王欲将龙女嫁给见义勇为的柳毅为妻，柳毅说自己传书是出于正义与同情，非为他图，拒绝了洞庭龙王的好意并谢绝所赐财宝，回乡去了。龙女更加敬佩和爱慕柳毅。后来得知柳毅妻子去世，龙女变身村姑与柳毅结为夫妇，直到生了孩子后才向柳毅道出实情。从此夫妻更加恩爱，过着幸福的生活。

③峡口郑国渠引水处有龙鳞滩，据说就是泾河龙王之子被杀后的龙身（当地还有魏徵梦中斩泾河龙王的传说故事，是另一版本）。

立 冬

月冷满天霜，
风朔一地黄。
枝上叶凋处，
却是新芽床。

二〇一七年十一月十日

海 西

——祝贺陕鼓青海热电联产项目投入运行

千里海西万里天，
无尽盐湖富民源。
绿色能源热联电，
陕鼓一马又当先。

二〇一七年十一月十五日

山间芦苇

根浅不去肥水中，
自生岭凹沐寒风。
垦边草黄情尽处，
喜看芦花亮白缨。

二〇一七年十一月二十六日

附诸友和诗：

许瑛原诗：

赋诗芦苇花

秋光叠叠复重重，聊看芦絮笑寒风。
山高水碧情谊重，云飞雁翔鸣高空。

田国库原诗：

山坡芦苇

寂寥山岗秋风寒，苇絮翻飞起波澜。
不与百花争颜色，留得诗意舞人间。

李连尊原诗：

应和《山间芦苇》

人言腹空根底浅，我慕飘逸寒霜风。
春风无意年年绿，天赐生机代代荣。

赞许瑛①

菊诗三首更识君，
风花雪月清高心。
笔下流香生豪气，
青女嫦娥漱玉人。

二〇一七年十一月二十八日

【注释】

①许瑛：女，陕西蒲城人，毕业于西北大学，热爱读书，偶尔写诗填词，以抒情怀。

附许瑛原诗：

菊 赞

谁家种得一篱秋，群玉山上弄影柔。
西风虽寒吹不落，霜露纵冷点缀幽。
气冠群芳生傲骨，梦萦暗香绕枝头。
不负东君暖暖意，吟咏不尽情幽幽。

菊　魂

野径庐边独自芳，安居从未想玉堂。
浓淡神会月下影，朝夕欣随慰重阳。
袅袅娜娜别致处，清清雅雅飘菊香。
花魂一缕成良药，投入茶杯品炎凉。

菊　叹

菊花香销翠叶残，秋风皱起绿波间。
青女降雪待时日，嫦娥送酒嘘暖寒。
远山掠影霜林醉，满纸素愿意未圆。
幽情不寄相思恼，感叹何妨一笑嫣。

冬　山

榴园萧疏已入冬，
枝上火晶依旧红。
山花相伴冰花暖，
且把寒风作春风。

二〇一七年十一月二十五日

135

小区冬日

金光破隙入荔林，碧叶透日荣荣欣。

草坪犬追雀儿戏，鱼摇楼影动水音。

清风送香四季桂，繁花簇簇竞缤纷。

青女欲催霜洁面，春风仙子不起身。

二〇一七年十二月一日于深圳

群鸟和鸣

翠园树重重，忽闻嘈切声。

叽叽复啾啾，群鸟唱林中。

莫非凤来栖，歌舞伴乐鸣。

高音入云去，低吟若流风。

又似山涧水，碧潭泉叮咚。

清歌方引颈，翻飞掠舞影。

轻弹磬儿响，珠落玉盘中。

枝间和合曲，引耳醉心听。

叶下自在啼，百鸟竞放声。

愿得谐音驻，人来鸟不惊。

二〇一七年十二月十一日于深圳

望 月

白云朵朵伴月明，嫦娥步出广寒宫。

寂寞堂前一孤兔，灵药何须千年春。

故乡楼高车马龙，遍看繁华九州同。

桂花美酒合当醉，今夜我回住几层？

二〇一七年十二月三日于深圳

沐 日

光洒荔林万木荣，

金辉百花树下明。

千亩华盖遮不住，

羲和①含笑沐虬龙。

二〇一七年十二月十六日于深圳

【注释】

①羲和：中国上古神话中的太阳女神与制定时历的女神。在时代更迭中她由最初的太阳之母演变成御日之神。

冬至望日

披金洒银辞霞红，
树影婆娑暖风轻。
光煦荔园朔方冷，
载日龙车你莫停。

二〇一七年十二月二十二日于深圳

荔枝树下

人言荔枝甜，谁晓劳作艰？
日啖三百颗，树下苦一年。
夏日忙采撷，冬月亦无闲。
喷药除病害，挖坑把肥填。
枝头串串红，浇灌是汗泉。
唐宋即贡果，绿冠靓万丹。
挥锄男并女，今年复明年。
晶丸不喜热，岭南哪有寒？
迢迢千里远，长安可尝鲜。
一日越千载，福逾杨玉环。
古树发新枝，再旺一千年。

二〇一七年十二月二十五日于深圳

富平柿饼

——步阮恝雪[①]诗意

春暖萌新芽，叶下小黄花。

秋霜漫天时，果红靓佳佳。

脱衣和风畅，串串俏农家。

经日初上霜，入瓮挂白纱。

蜜脯甘如饴，饱含日月华。

天寒红炉暖，软糯香伴茶。

老友神仙聚，闲话国与家。

生逢好日月，常乐忘花甲。

二〇一七年十二月二十七日于深圳

【注释】

①阮恝雪：安徽阜阳人，自幼丧母，跟随爷爷长大，中专毕业后南下打工。十年前的冬天，与陕籍女友来西安玩，一场大雪留住了她，认识了现在的丈夫，于是成了骊山上一个外来的媳妇。如今她拥有自己的果园，相夫教子，过着自给自足的生活，守护着自己的幸福。

附阮恝雪原诗：

富平柿饼

初春待萌新芽，

暖风一笑，繁叶缀枝丫。

正是榴花遍山红，

谁人知，

柿树已是黄蕊绿花。

霜满天，枯叶下，

独立枝头俏如花。

去外衣，穿成挂，

和风暖阳，串串童话。

糖微析，霜初上，

素手轻轻，雏形已成。

一层软香一层衣，

常温瓮中半月憩，

待到白纱蒙，蜜脯成。

正值深冬，围炉夜话，

富平柿饼，怎可无它？

水 杉

伴鹭亭亭立水边，疏叶褐颜不抢眼。

待询形色名与姓，惊晓立世逾亿年。

也曾繁茂荣宇寰，感叹孑遗落寡班。

物竞天择行大道，沧海桑田看今天。

二〇一七年十二月二十九日于深圳

大鹏所城①

石板小巷静蜿蜒，城楼石堞古雄关。

大鹏勇击风和浪，虎踞南海六百年。

文官愿为青史瘦，武将敢冲沙场前。

为有牺牲多壮志，抗倭抗葡杀英顽。

御侮血染大洋面，将军府前敬先贤。

太平不忘忠烈事，英魂护国万万年。

二○一七年十二月三十一日于深圳

【注释】

①大鹏所城：位于深圳市东部东岗区大鹏镇鹏城村，原为防御海盗、倭寇侵扰而设，清初为大鹏所防守营，康熙年间又改为大鹏水师营，成为一个管辖珠江外洋东部海路的海防军事机构。鸦片战争期间，在抗击英国侵略军方面发挥了重要作用。大鹏所城雄伟庄重、风格古朴的城门和数座清代"将军第"、明清时期民居保存完好。现为全国重点文物保护单位。

荔园春早

老树根深枝若虬，古园风华四百秋。

嫩芽如花梢头起，陈叶之上新叶稠。

年年新岁辞旧岁，明日总在今日头。

万木争春腊月暖，喜看红梢秀头筹。

二〇一八年元旦于深圳

西湾的傍晚

夕阳余晖洗海红，

大鸟飞来喜若童。

天边一轮明月起，

长桥灯火远游龙。

二〇一八年元月二日于深圳

雪

北方多地大雪暴雪，昨日在朋友圈看了一天雪景，有感。

青仙乘玉龙，飞天炫舞急。

千里白莽莽，混沌天和地。

莽原银盈尺，鹅毛乱柳絮。

万树琼瑶枝，迎雪俏蜡梅。

晶莹骚人爱，路断车笛息。

棚塌菜农苦，麦田喜润霁。

大地寒戏暖，年丰称人意。

瑞雪醉未休，沐风冬花里。

二〇一八年元月五日于深圳

小寒听雨

观音遥望北方雪，南海小寒赛阳春。

杨柳枝拂洒甘露，碧园淅沥听雨音。

暮踏曲径林幽静，远闻雀鸣三两声。

待看湖影南山雾，湿花已照夜灯明。

二〇一八年元月六日于深圳

蜡 梅

几枝梅映雪，
孤芳有暖情。
寄向千里外，
香魂杳大鹏。

二〇一八年元月十日

雪 后

天边弯月寒，踏雪上骊山。
惊雉纷飞起，晶莹舞峦边。
小径滑无险，山居可平安？
老伯嘘寒暖，火晶乍牙甜。
行走山梁上，苍茫天地宽。
遥望东岭白，红霞出云边。

二〇一八年元月十四日

工友情

相知共事几十春，苦乐奋斗一条心。
陕鼓发展我发展，心无旁骛唯忠贞。
把酒再叙过往事，日月如梭倍觉亲。
感恩共享缘未尽，山高水长有余音。

二〇一八年元月十九日

144

冰 瀑

冰莹堆鳌虎，

凌空飞玉龙。

天栽翡翠笋，

崖下水晶城。

二〇一八年元月二十一日

变

一拔何亏大圣毛，专家仙气盖世豪。

中中华华一模印，①如来欲辨把头挠。

克隆神技开新宇，无惧艰辛路尚遥。

撒豆成兵群猴闹，灭魅能拆奈何桥。

二〇一八年元月二十五日

【注释】

①中国科学院公布世界上首只体细胞克隆猴"中中"于二〇一七年十一月二十七日诞生，十天后第二只克隆猴"华华"诞生。

雪中行

寒流搅天冷，风动彤云平。

晨明踏雪去，衣帽亦晶莹。

洁花漫舞轻，麦苗呼被重。

榴园看琼枝，饥雀栖树鸣。

秦陵裹素装，骊马披银鬃。

纷扬莽世界，山河飞玉龙。

二〇一八年元月二十五日

山径晨雪

践雪山径猜兽痕，

远闻林中鸟低吟。

园边玩闹戏语声，

唤出山居早起人。

二〇一八年元月二十八日

红月亮

百年不遇月亮红，夜瑟无碍半倾城。

雪光辉映冰轮东，天狗啄啄渐失明。

嫦娥遮面列众星，萧萧万木冷寒凝。

长枪短炮炫情暖，皎洁出光挂苍穹。

二〇一八年元月三十一日

西绣岭

最美九曲十八弯，

烽台映雪朝阳边。

寒凝上善湖中水，

苍柏遥看灞柳烟。

二〇一八年二月三日

秦始皇陵

巍巍青冢莲花峰，骊岭腾飞九条龙。

雄才大略千古帝，一统江山万世功。

兵俑威阵赫然立，殉葬星罗四百坑。

侍死如生苦万众，铸就辉煌劳役工。

冰山一角已惊世，万千神秘锁地宫。

他年若得天日照，五洲兴会为秦疯。

二〇一八年二月九日

时 光

——回到五十年前下乡插队的村庄有感

大渠无改五十年，少年插队作大田。

旧人偶见鬓如雪，青年风华无因缘。

幢幢新屋装笑面，记忆土房凤凰檐①。

邻家喜棚接新妇，春光正催丰收年。

二〇一八年二月十五日

【注释】

①凤凰檐：一种以砖垛为柱，填充土坯做墙，屋顶覆盖麦秸，周边少量用瓦的草房，是五十年前在渭北山东移民村庄常见的一种房屋。

初 一

爆竹声远耳清新，火树银花更暖心。

踏歌金鸡归记忆，犬吠旺年奋进音。

党引渐圆中国梦，百年奋斗人民亲。

除夕歌舞萦盛世，劳动创造万年春。

二〇一八年二月十六日

曲江灯

碧宇琼阁恢宏桥，波光灯影照人潮。

嫦娥箫声引彩凤，仙山入水天鹅摇。

曲塘荷花不尽看，草地旺犬穿火苗。

仕女击鞠肥马跃，宫娥轻弹调悠杳。

恐龙摆尾狮虎啸，斑马巨猿象长毛。

湖中巍峨丝路阔，大运飞机冲九霄。

魁星踢斗红鲤闹，裤带面香挑得高。

童话世界乐趣多，绿色运动志气豪。

人间亦演天宫曲，强国梦圆胜唐朝。

二〇一八年二月十九日

149

𰻞𰻞面①

一扯三尺长，甩起𰻞𰻞𰻞。
葱花辣子醋，油泼满院香。
秋日耕耘种，犁耧耙耱忙。
冬旱水灌溉，滋润扎根长。
三月施肥料，四月麦花扬。
布谷声声唤，大地绿演黄。
五月毒日晒，收割粮归仓。
土地最慷慨，人勤有报偿。
辛劳汗珠贵，八瓣一粒粮。
面粉白如雪，亲人爱意长。
百揉情无尽，醒出筋劲香。
在外思故乡，千回百结肠。
居家常牵挂，天涯人无殇。
游子回家门，老碗盛海江。
父母若日月，满眼溢慈祥。
厨房𰻞𰻞响，老幼聚一堂。
抻直委屈事，抚平心头伤。
处处有美馔，这碗面最香。
挑起一筷箸，思亲愿已偿。
满怀新希望，再整旧行装。
带着亲人愿，豪气走四方。

二〇一八年二月二十日

【注释】

①陕西关中人爱吃的一种面条，俗称"裤带面"。

阳光·残雪

朝阳万丈残雪白，日影斜长路皑皑。
天湛风清瞭山远，松柏寒崖山羊来。
东望龙脊伏人祖，西看绣岭烽火台。
春光不解阴坡秀，银装慢卸待谁来？

二○一八年二月二十三日

春 雨

春雨入夜细无声，
丝丝沐面洗心清。
田野禾苗枝上芽，
争饮玉露第一盅。

二○一八年二月二十七日

武功行三首

苏武墓①

北海牧羊地狱寒，踏冰啸雪十九年。

高官厚禄冷眼看，铁骨铮铮惊匈顽。

宁死不屈唯一念，抱节复汉回长安。

华夏精忠魂未死，高风世范一万年。

教稼台②

姜嫄野祭孕圣胎，三弃不舍五谷来。

漆水河边教耕种，昌明华夏四千载。

茹毛饮血不复再，周族深植根脉苔。

功盖天地崇谷神，世代敬拜教稼台。

美阳关③

隋唐大道汉时关，铁马冰河战羌番。

中华丝路通天下，重振美阳雄壮天。

黄沙滚滚杀声远，旌旗猎猎战马欢。

大唐荣耀漆河岸，辉煌磅礴看今天。

二〇一八年二月二十四日

152

①苏武墓：位于陕西省咸阳市武功县武功镇龙门村，东临漆水，西依凤岗，现建有苏武牧羊铜像和纪念馆。

②教稼台：位于陕西省咸阳市武功县老城东门外，相传是四千年前农业始祖后稷教民稼穑的地方，中国农业发祥圣地。

③美阳关：位于陕西省咸阳市武功县漆水河东岸，是古代陆路对外交通的咽喉，丝绸之路西行必经之地，长安通往西域的第一道关隘，曾被称为"大唐第一雄关"。

青春陕鼓

——祝贺陕鼓第十三届感恩节晚会演出成功

新月亦曾照旧人，元宵佳节唱感恩。
欢歌四面得胜绩，劲舞八方传佳音。
幕幕接演过往事，步步走来皆家珍。
初心不改宏图志，奋斗陕鼓正青春。

二〇一八年三月一日

春　光

骊山峰壑，暖风轻扬。

丽日东升，铺洒霞光。

喜鹊出巢，振翅飞翔。

山居人家，鸡鸣鹅唱。

花桃绽蕾，临崖竞放。

踏青岭上，尽享春光。

一年之计，理弦弓张。

勤人身影，榴园已忙。

天地有情，不负穹苍。

戌狗旺年，和畅辉煌。

二〇一八年三月三日

飞　瀑

崖头无路流自飞，

击石何惧奋身摧。

龙潭溅落珠千斛，

扬波东海不思归。

二〇一八年三月七日

154

结 香①

花开一年又一年，
馥郁芬芳总无言。
素淡何须绿叶伴，
结缘香透正月天。

二〇一八年三月五日

【注释】

①结香：属瑞香科，枝条柔韧弯曲，给人以缠绵之感。有地方女子习惯在结香树上用枝条打结许愿，以追寻梦中情人，因而结香有"梦花"之称。在结香树上打结越多花香越浓，寓意爱情甜蜜、幸福。结香被视为中国式的"情感树"，古人云"心有千千结"，即所谓也。

金钟花

绿草茵茵一片金，
争妍姹紫艳红春。
风和日丽长安醉，
微醺恍惚嗔酒樽。

二〇一八年三月十三日

155

春满中原

梅红柳绿看中原，
如意湖边赏玉兰。
千玺遥瞰商城远，
华夏通衢意益然。

二〇一八年三月九日于郑州

白玉兰

琼英万羽欲飞腾，
绕树神思玉冰清。
魂寄素绢徘徊意，
春风万里不喜红。

二〇一八年三月十四日

红叶李

粉花满树欲破窗，
馨香入室春满堂。
嫩芽初露争绿意，
遍展红罗日月长。

二〇一八年三月十五日

156

海 棠

花艳繁叠胭脂红，金蕊秀箭别样明。

碧桃粉杏逊颜色，不争早春重清明。

柳丝依依靓芳丛，暗恋无香脉脉情。

玉堂琴瑟鸳鸯曲，春到此时意正浓。

二〇一八年三月二十一日

白碧桃

春唱深红复浅红，

不及一树素锦荣。

绿叶初扶娇仙子，

花心玉意枝上浓。

二〇一八年三月二十五日

绿樱花

春日百花竞芳菲，

嫣红引得万人追。

此树独秀陌巷里，

惹我情思去又回。

二〇一八年三月二十八日

157

郁金香

周末诸友一行游览秦岭国家植物园，郁金香花海五彩缤纷，起伏的山坡上花开正盛，妩媚斑斓。

翠峰秀岭铺玉锦，七彩盛装曳霞裙。

御风千羽红鹦鹉，映日万朵照白云。

镂金哪有神仙手，错彩谁是乞巧人？

红黄粉紫皆是爱，芳魂情钟自逸群。

二〇一八年三月三十一日

丁香花

纤花千结说惆怅，率真银钩竞放香。

曲径漫看几株树，迟来不上争春堂。

朝霞暮露日月光，馨远丛深自秀芳。

诗云紫白孤寂恨，我赞相思恩爱长。

二〇一八年四月四日

会峰古寨①

三面环水临绝壁，云路嶙峋上天梯。

先民遗迹溯仰韶，代叠神工若虎踞。

黄河日夜奔流去，山影千年东到西。

石窝宝镜鉴今古，沧桑山河换新衣。

二〇一八年四月五日于延川

【注释】

①会峰古寨：位于陕西省延安市延川县牛家山村，巍峨险峻，三面深谷，峭壁嶙峋，仅西北一条狭窄的嶙峋为径与山寨相通。

乾坤湾①

龙腾千里大河行，五绕盘旋天宇宏。

太极山川陈相对，伏羲八卦万方明。

回环河洛斗牛鼎，流水含阳肇造情。

屈展阴阳皆有道，寒风掠过是春荣。

二〇一八年四月六日

【注释】

①乾坤湾：位于陕西省延安市延川县，是一幅天然太极图，弯道弧度三百二十度以上，堪称天下黄河第一湾。延川黄河蛇曲是晋陕大峡谷上的一处自然奇观，这里形成了罕见的干流河道蛇曲群，依次为漩涡湾、延水湾、伏寺湾、乾坤湾、清水湾。相传远古时，太昊伏羲氏在乾坤湾仰观天象，创立了太极八卦阴阳学理论。

壶　口

风卷黄沙蔽日来，波涛汹涌出壶开。

浪穿云影飞虹去，水激漫溅观瀑台。

万马奔腾惊岸色，轰崖击谷骇洪洄。

雷霆一泻山河壮，华夏龙魂雄魄哉。

二〇一八年四月六日

小金油牡丹

骊山东麓小金山，河湾盛开油牡丹。

曾经穷乡僻壤地，如今远客醉芳间。

春光流连艳阳暖，扶贫引来花中仙。

彩云飘落村八面，携手圆梦换新天。

二〇一八年四月十四日

游　山

山楂花朝阳，刺玫崖下黄。

蝴蝶翩翩舞，沟坡丛间忙。

溪边节节草，含露诉晨凉。

重峦影苍苍，清新走山梁。

鸡鹅觅食处，又见妪慈祥。

款款聊农事，共念乐而康。

林上飞喜鹊，日日报吉祥。

二〇一八年四月十五日

到长沙

晌午龙飞离长安，申时已来湘水边。
才看平原麦秀穗，又见清流漾稻田。
莫言远客不识路，坐地亦难不绕圈。
祖国宏图多添彩，改革发展竞争先。

二〇一八年四月十六日于长沙

161

谷雨观麦

晨光麦田漫洒，风摇穗穗扬花。
回望八月播撒，肥田沃土根扎。
历阅寒霜冰雪，尽采日月精华。
天公应时布雨，喜待五月还家。
感叹农事辛苦，赞赏政策有加。
珍惜盘中餐食，还念悯农汗洒。

二〇一八年四月二十日

黄桷树①

——为宋建民重庆摄黄叶照题

金叶竞染春绿黄，此时应暖无寒霜。
黄桷落叶记栽时，偏不循矩待秋凉。②
不拘一格别样美，菩提缘聚耀佛光。
江阔楼高错落处，盘根巨伞遮骄阳。

二〇一八年四月二十三日

【注释】

①黄桷树：又名黄葛树，大榕树，桑科榕属，是寿命可逾百年的高大落叶乔木。黄桷树根系发达，吸附渗透力强，茎干粗壮，树形奇特，蜿蜒交错，古态盎然。

②黄桷树有一很有趣的现象，就是落叶期不定，据说是什么时候栽什么时候落叶。

古地新村

秦风唐韵流骊山，古地代代演奇篇。

宏阙吉祥飞龙凤，安居乐业阔街边。

三村万人别祖居，挥锄辟地开新天。

遗址保护载史册，国美何处不梁园。

二〇一八年四月二十六日

石竹花

穆寨①遗迹空留名，

石竹花开能治穷。②

姹紫嫣红深山里，

馨香岂独为引蜂？

二〇一八年四月二十九日

【注释】

①穆寨：位于陕西省西安市临潼区城东三十八公里处，相传为穆桂英屯兵聚义之处。

②该乡石湾村、姚坡村村民为脱贫，近年来大面积种植石竹，在骊山东麓形成一片片花的海洋。村民称其为药材花。

秦楚古道①

巍巍龙脉横云端，古道崎岖越千年。

旧时风啸月残路，而今松杉唱杜鹃。

冰川遗迹危石立，高山草甸一马川。

岭脊便是分水岭，耸峻无极终南山。

二〇一八年四月三十日

【注释】

①秦楚古道：位于陕西省柞水县营盘镇的秦岭山上，是中国历史上秦楚相通的官道。历经一千五百年风雨，大部分古道已经荡然无存，唯有跨越终南山的这一段遗迹清晰可见。

九龙山①

山雾氤氲细雨轻，玻璃桥上踏云行。

飞瀑如练从天降，观音含笑把客迎。

造化千古龙未醒，开发朝夕竞翔腾。

上九元边萦瑞气，小康再登新高峰。

二〇一八年五月九日

【注释】

①九龙山：位于陕西省宝鸡市陈仓区坪头镇，距市区四十五公里，景区地势险峻，山清水秀，崖峰窟洞，各有天地。

初识康金鸿①

笔墨韵远早知名，文坛书苑歌升平。

小聚初识英才面，真诚坦荡见豪情。

心曲父亲挥泪诵，皇天后土馈勤耕。

大作两册待细品，犹盼诗词唱大风。

二〇一八年五月九日

【注释】

①康金鸿：笔名阿康，西安市临潼区文联主席、临潼书协主席，书法、诗文辞赋皆有很高造诣。

快乐的母亲节

今天是母亲节，孙女说她要给妈妈、奶奶做饭。我在视频上看她搅面糊，摊面片，做得像模像样。高兴，鼓励之。

满屏感恩刷未停，

孙女心孝能知行。

厨前举止虽稚嫩，

妈妈奶奶喜赞评。

二〇一八年五月十三日

秤

天地之间有权衡，定盘只在一准星。

北斗指明人心路，六方中正莫偏行。

品德良心仁义重，福禄寿喜自修成。

金钱取舍亦有道，敬恕必报秤下红。

二〇一八年五月十七日

【附记】

中国旧秤，秤砣称权，秤杆叫衡，每斤为十六两，每两为十六钱，对应在秤杆上刻有星。对此有如下说法：七颗星代表北斗七星，要求用秤人心中要有方向，不可贪财迷钱。六颗星代表东西南北上下六个方向，要求用秤要秉持中正，不可偏斜。最后三颗星代表福禄寿，告诫用秤人亏人则自损，要积德添福。所以，市场交易要公平公道，一杆秤可见人心道德和人品。

塔 吊

星晓晨光初破云，

工人忙碌早声闻。

高楼如笋冲天起，

谁是宏宇住房人？

二〇一八年五月十八日

166

雨雾骊山

蒙雾不遮神仙眼，
缥缈但看云移山。
雨洗花鲜叶含露，
也上瑶池逛一番。

二〇一八年五月十九日

碗 莲

——试和春秋诗社诗友碗莲诗

难沐清风不见天，
蜗居花放惹人怜。
盆中岂是灵根意，
神驻山河云水边。

二〇一八年五月二十三日

167

范立贵①

陕鼓路上万朵兰，一株银花灿灿燃。

栉风沐雨五十载，根深蒂固志如磐。

当年选点苟家滩，三通一平苦作甜。

绘图架线埋电缆，顽石野草笑当餐。

青工情热无经验，自编教材开讲坛。

理论培训加实践，练就专业骨干连。

工厂宏伟矗骊山，技术改造促发展。

安装调试设备多，方案落实机床边。

一丝不苟要求高，精益求精细又严。

科学技术发展快，步步紧跟苦钻研。

开放社会诱惑多，有人高薪亮眼前。

铿锵只做陕鼓人，义利分明气凛然。

情系公司核心力，不占头筹心不甘。

废寝忘食偿夙愿，超转试验把梦圆。

进口设备高精尖，攻坚克难干一番。

更新完善熬心血，外国专家赞连连。

操作制度亲手订，高效作业保安全。

范工犹似凌寒柏，痴心不改傲雪莲。

七十尚觉志未竟，奋斗不止未卸鞍。

生活俭朴吝自顾，分居两地几十年。

心心念念是工作，闪光足迹靓家园。

陕鼓今天非昔比，赤胆忠心可欣然。

老骥伏枥胸襟阔，晚照红霞晖满天。

二○一八年六月一日

168

仙 峪①

峪道清幽流急湍，石崖险峻栈蜿蜒。

斜峰横绝疑无路，越度灵虚另有天。

攀壁难逢牧羊客，悬桥坐问帚箕仙。

瀑潭碧水濯尘汗，逍遥亭前眺渭川。

二〇一八年六月二日

【注释】

①仙峪：又名车厢峪，在华山峪西，与华山峪一岭之隔。传说古时候有黄初平、黄初起兄弟在此牧羊成仙，因而得名。峪深近三十公里，有灵虚大峡谷等景点。

麦 收

炎炎烈日炙大田，

风热垄黄待挥镰。

麦客远逝谁弄影，

割机欢唱仓已还。

二〇一八年六月五日

169

高 塘

——渭华起义革命先烈永垂不朽

纪念碑前祭英雄，^①犹闻号角动地声。

渭华烽火燃无尽，浩荡滚雷震天穹。

千军奋起为农工，碧血浸染东塬红。

披荆斩棘寻正道，陕甘边区放光明。

二〇一八年六月二日

【注释】

①现在陕西省渭南市华州区高塘镇建有渭华起义纪念馆。

瓜 田

花皮碧翠大而圆，

谁望能咽三尺涎？

毒日热浪无惬处，

地头树下红瓢甜。

二〇一八年六月六日

170

草链岭①

洛源林森森，泉清溪涧深。

才闻水谈情，又见树相亲。

龙潭澄澈碧，高峡立千仞。

攀梯上悬崖，蹑足桥摇魂。

松开藤萝手，忙分箭竹针。

壮观石如海，无边绿草茵。

南望群山小，北眺太华臣。

左思先祖远，右念洛渊深。

繁花映蓝天，渭川一片金。

信步草木边，举手摘白云。

清风拂面过，顿洗汗与尘。

秦东绝高处，今日喜登临。

二〇一八年六月十日

【注释】

①草链岭：位于陕西洛南和华州交界处。海拔两千六百四十六米，比西岳华山高出近五百米，为秦岭东部最高峰。岭下是黄河支流洛河源头，瀑布龙潭，溪流清澈，森林茂密。岭上草甸广阔，石海横陈，南草北木，界线分明。四周群山环绕，宏伟博大，气象万千。

育种专家郑敏生^①

田畔昂然后稷翁，黄土地上不老松。

风吹日晒难移志，良种育成十年功。

喜看小麦翻金浪，苦做玉米追花蜂。

缘何花甲躯未倦，粮丰天下济苍生。

二〇一八年六月八日

【注释】

①郑敏生：陕西泾阳人，农业科技专家，渭南渭研作物科学研发中心主任，陕西天丞禾农业科技有限公司总经理。在渭南、海南建有育种基地，从事小麦、玉米良种繁育工作数十年，贡献突出。

天　燕^①

绿海摇波峰岭低，

虹影入云度天梯。

幽洞惊飞金丝燕，

林涛吟咏野人谜。

二〇一八年六月十六日于神农架

【注释】

①天燕：天燕原始生态旅游区位于神农架西北部，海拔二千二百米，因北有燕子垭，南有天门垭而得名。燕子洞深幽无光，钟乳林立，水声如琴，燕巢遍布洞壁。

神农顶①

荆楚屋脊立擎天，
雾帐雨帘羁望穿。
难觅神农灵迹地，
从今不羡云中仙。

二〇一八年六月十七日于神农架

【注释】

①神农顶：以生态多样性为特点，峥嵘磅礴，与景区六座海拔三千米以上高峰共同形成华中屋脊，成为长江、汉水的分水岭。

板壁岩①

金鸡报晓啼晨光，对镜梳妆野娇娘。
雏雀闹巢盼母归，蛇戏玉兔趣味长。
天造地设看未尽，大树抱石到身旁。
淅沥雨洗苔藓绿，拾阶品读不知凉。

二〇一八年六月十七日于神农架

【注释】

①板壁岩：位于神农架自然保护区内，海拔二千五百九十米。据传是华夏始祖神农炎帝搭架采药，治病的地方。

173

大九湖①

九大明珠一脉联，十字号营虎狼烟。

天地人和吉祥鹿，云上草原亿万年。

神笔水墨湖山远，茵茵甸上牛羊闲。

雨雾栈桥悠悠步，抢镜男女美未完。

二〇一八年六月十七日于神农架

【注释】

①大九湖：大九湖国家湿地公园，位于神农架西南，坐落于长江和汉水的分水岭上。周围群山环绕，中央为广阔平坦的湖状冰川谷地，一条溪串联着九个湖泊。

天生桥①

天生桥下瀑轰潭，

鹰击羊栖虎啸湍。

林荫草舍高士卧，

心舟遨游不扬帆。

二〇一八年六月十八日于神农架

【注释】

①天生桥：神农架天生桥生态旅游区位于老君山下，飞瀑急奔而下，鹰潭羊潭虎潭相接，鸟语林幽。

神农坛①

愧辨百草初识面，
神农寻尝历万难。
千年铁杉尊前祭，
奋剑图强慰古贤。

二〇一八年六月十八日于神农架

【注释】

①神农坛：位于木鱼镇附近的神农山上，是神农架旅游的南大门，也是中心旅游区。主体祭祀区建有天坛、地坛，主体建筑是神农巨型牛首人身雕像，立于苍翠群山之间。

晚 霞

落日余晖火烧云，
嫦娥织女曳红裙。
战鹰飞舞诛妖剑，
明月御风送霞君。

二〇一八年六月二十二日

七 七

——不能忘记的日子

石狮晓月记卢沟，
烽火连天家国仇。
华夏山河齐荡寇，
继开万世锦绣州。

二〇一八年七月七日

残 垣

青苔绿草扮残垣，
世事纷纭静默言。
骊苑风云千古戏，
秧歌乐舞霓歌前。

二〇一八年七月十一日

涨　河

何堪天穹漏，渭水漫滩头。

堤岸观河景，祸患殃上游？

今夜洪峰过，险工黉夜守。

周公入梦时，辛劳人常有。

二〇一八年七月十二日

【附记】

　　近日受连降暴雨影响，渭河出现罕见洪水，抗洪人员上堤日夜巡守，陕鼓预备役战士亦赴险工参加抗洪抢险。大水形成少见的景象，吸引许多人前往观看。

入　伏

暑邪能奈我如何，

顺其自然乐和过。

你看操场老与少，

伏练更喜汗流河。

二〇一八年七月十八日

富　平①

石川河水越千年，富庶升平梦欲圆。

荆山绿原放马看，怀德旧貌换新颜。

雕工陶艺名声远，粉荷叶下九孔莲。

更有英杰陈迹处，不泯信念代代传。

二〇一八年七月二十日

【注释】

　　①富平县隶属陕西省渭南市，因取"富庶太平"之意而得名，是华夏文明重要发祥地之一。远古时期，黄帝就曾采首阳之铜铸鼎于县南荆山之巅。大禹统理天下之后，又浇铸象征最高权力的九鼎于此，故富平自古就有"关中名邑"美誉。频阳、怀德曾是富平旧称。

野　花

素颜朝天自芬芳，

夜沐月华日映光。

任它炎阳四十度，

迎风惬放山野乡。

二〇一八年七月二十二日

178

火烧云

赤霞烧灼半边天，
万道金光云点燃。
但盼空中清白月，
降魔送雨舞凉泉。

二〇一八年七月二十四日

崖沙燕①巢

石川河水漾微澜，
崖嵝筑巢洞万千。
敢问空中灵巧燕，
穿梭怎向自家眠？

二〇一八年七月三十日

【注释】

①崖沙燕：又名灰沙燕，体长十一至十四厘米。常成群在水面和沼泽地上空飞翔，飞行轻快而敏捷，穿梭捕食低空飞行的昆虫。富平石川河南岸的一段数百米的崖嵝上，密布着成千上万的崖沙燕巢穴，成为当地少见的崖沙燕栖息地。

179

蝉

夏虫十年命，土中缄默生。

蜕金丰翅翼，出世便欢声。

云淡山清远，林中听鼓鸣。

心期长聒噪，何堪油锅烹。

二〇一八年七月二十九日

宁陕朝阳沟①

莽茫秦岭动烟波，珍稀国宝林下多。

溪瀑流雪飞石响，藤缠巨树走龙蛇。

苔茵幽伴山菇秀，峰顶曾盘土匪窝。②

频见远来消暑客，欢声笑语岭传歌。

二〇一八年八月四日

【注释】

①朝阳沟：位于陕西省宁陕县皇冠镇，素有"南山老林"之称。这里原始森林茂密，繁衍生息着国家一级保护动物大熊猫、金丝猴、羚牛。朝阳沟的秦岭金丝猴观测点为金丝猴科普基地。

②山崖之上的青龙寨是中华人民共和国成立以前陕南土匪王三春的一个据点，地势险要，易守难攻。石头垒成的寨门、寨墙、防御工事等至今尚存。

大雁塔之夜

清月高悬映塔明，琴箫歌吟不夜城。

摩肩争睹喷泉涌，空中飘溢盛唐风。

豪放文雅群贤会，婀娜步摇仙娥情。

玄奘笑看八方客，繁华场中念佛经。

二〇一八年八月十七日

处 暑

处暑忌日欲断肠，亲离心痛万箭伤。

菊香能寄九天外，人神两隔昊茫茫。

且诉家话与二老，心通如面共短长。

孙女献花慰曾祖，眼前若现含笑娘。①

二〇一八年八月二十三日

【注释】

①八月二十三日是母亲忌日，又逢处暑。马上就到中元节，我带孙女去墓园祭拜，怀念老一辈恩德。

181

仙人掌花

黄瑛层叠上云台，
窗外山边朵朵开。
日彩月华润自在，
琼花娇艳照人来。

二〇一八年八月二十六日

野 趣

山野踏晨露，霞光照牵牛。
轻涩尝甜柿，篱边秋花稠。
一团黄菊艳，抢开九月头。
醉心须谨慎，曼陀罗美毒。①
谈瓜论枣间，不觉万步愁。

二〇一八年八月三十日

【注释】

　①今日路边偶见一花，此花名曼陀罗，也叫醉心花，果实名为狗核桃等，属剧毒植物，有镇静、麻醉作用。

牵牛花

柴篱引绿蔓，花盛满园边。

朝霞送晓露，蓝馨竞桃红。

星晚仰河汉，高攀向长天。

但恨身无骨，仙姿染风烟。

二○一八年八月三十一日

追梦谷

碧澈九曲石激湍，茂林遮阴径曲延。

青牛载仙出关去，拾阶追梦濯山泉。

蛙鸣幽谷崖岸暖，瀑悬百尺涧流寒。

龙窝嶙峋声言老，千年犹荣白玉兰。

二○一八年九月八日于栾川

【注释】

①追梦谷：位于河南省洛阳市栾川县，它是老君山一著名景区。

老君山①

西望太华秀，千峰壮伏牛。

金顶傲万仞，危崖仙迹留。

乘风入天门，朝日溶远秋。

醉行画屏里，景移暇不收。

鸾凤和鸣谷，观音听琴丘。

松间放光影，栈道凌空修。

烟岚叠山翠，仰观三回首。

南北分江河，扯云轻伸手。

造化天下奇，峰林旷未有。

老子归隐地，文脉千年幽。

大道行天下，尊德立世久。

哲辩含三界，文明万载悠。

二〇一八年九月九日

【注释】

①老君山：原名室景山，位于河南省栾川县城东南三公里处，是秦岭余脉伏牛山的主峰。老君山有两千多年的道教文化历史，顶峰有规模很大的道教庙宇，金殿和玉皇顶及整个建筑群在蓝天白云下非常壮丽。山上林木繁茂，郁郁葱葱，激流清澈，瀑布泉声，风景如画。观云海，看日出，更是美不胜收。

彩　蛛

壑荫林幽布网罗，
将军坐镇笑虫蛾。
束身擒得飞来将，
静待山风奏凯歌。

二〇一八年九月一日

秋　雨

烽台远影浮宫檐，
骊岭翠墨起白烟。
喇叭花叹淅沥雨，
晶珠乐伴伞游山。

二〇一八年九月十六日

感　柿

花小无香沐惠风，
夏枝青涩果充融。
蟠桃宴上缺姿影，
待看霜天满树红。

二〇一八年九月十七日

185

花石榴

石榴花为西安市市花。花石榴是以赏花为主的品种，花期很长，亦有多种。满园石榴即将成熟之际，今忽见一树榴花火红艳丽，有感记之。

翠园烟雨细风中，
一树榴花灼眼红。
独秀长安百花妒，
艳丽并绽玉玲珑。

二〇一八年九月二十日

五丈原[①]

星落五丈原，扼腕叹千年。
远谋隆中对，陈表沥心田。
驰驱何自顾，六出梦未圆。
空留八卦阵，抚扇思先贤。

二〇一八年九月二十二日

【注释】

①五丈原：位于陕西省宝鸡市岐山县境内，陕西省重点文物保护单位。

周公庙^①

卷阿古树荫日浓，千秋元圣九州公。

匡扶王道功善远，德润礼乐百世钟。

凤鸣岗下思勤政，吐哺风范归心亭。

九天崇仰圣贤事，留史未必帝王名。

二〇一八年九月二十二日

【注释】

①周公庙：位于陕西省岐山县城西北六公里处的凤凰山南麓，《诗经》中描述此地为："有卷者阿，飘风自南。"

芳 华

——纪念陕鼓五十华诞

壮美芳华五十春，共忆峥嵘话艰辛。

岁月如烟沧桑曲，奋斗豪歌振天鲲。

传承凝聚企业魂，创新开拓战略新。

向上向善陕鼓人，扬帆破浪再进军。

二〇一八年九月二十八日

187

陶艺村

万般五彩列琳琅，

心逸云天山水长。

火炼三番泥化玉，

神工机巧各争强。

二〇一八年十月二日

拜谒黄帝陵

古柏苍勃郁桥山，沮水如镜照蓝天。

龙鼎黄旌吉香绕，智被遐荒拜轩辕。

中华同根龙脉衍，万姓一源千古传。

先祖伟业煌日月，振兴神州耀宇寰。

二〇一八年九月二十九日

烽火村

烽火曾映半天红，苦过更知甜香浓。
卡特薄仪寻访地，农家笑谈斗地经。
底色不改赤胆诚，图强再振英雄风。
上房下窑藏家宝，硕果又报好收成。

二〇一八年十月五日

亚　妮①

匿影荧屏逾十年，寻珍苦乐大山川。
稀音绝技太行远，小调情纯仰啸传。
名利场无欢乐地，心明瞽有自由天。
赞叹西湖奇女子，一缕阳光暖世间。

二〇一八年十月十日

【注释】

①亚妮：国家一级导演，曾经是浙江卫视制片人、主持人，荣获多项大奖。
二〇〇二年她深入太行山采访时遇见一群唱歌的盲人，并被他们的原生态演唱深深吸引，
她走进他们的生活，与他们同行，记录着他们的故事与人生。历时十二年，辛苦拍摄完
成电影《没眼人》。

华清宫之叹

木华水暖三千年，梨园春秋写史篇。

烽火枪声震华夏，长恨歌摧帝王肝。

漫看红鱼戏荷影，轻眺奇石卧松间。

幽王玄宗魂未远，且看荒唐到何年。

二〇一八年十月十四日

重阳有感

重阳何必载酒欢，

登高赏秋远近山。

敬老莫待九月九，

孝亲常在冷暖间。

二〇一八年十月十七日

190

红　叶

　　韩城薛峰乡的香山又名禹山，满山红叶好似燃烧的火焰，在岭上绵延不绝，吸引大量游人前往观赏。

龙宫珊瑚万树红，

天边烟霞落山中。

赤橙烈色无媚影，

秋寒霜欺意更雄。

二〇一八年十月二十日

五彩菊

　　第三届泾河菊文化节展方从外地引进了数盆五彩菊，一朵花上缤纷五色，美不胜收。今与诸友目睹奇观，赞叹不已。

天女散花落泾河，彩练飞星舞嫦娥。

霜凝云霓惹客就，风送篱边秋香歌。

乐天唯见孤黄白，陶令辞酒惊五色。

娇媚还是凌寒骨，超凡仙种最婀娜。

二〇一八年十月二十四日

霜　降

秋叶羞赧独爱霜，

枫藤炽烈更喜凉。

金风摇曳长空碧，

天地最美是红黄。

二〇一八年十月二十三日

红叶送秋

——登骊山赏红叶有感

霜染丹彤壮秋行，晨光铺洒媲霞红。

天高岭彩宜清噪，赤羽凌寒唱朔风。

莫道秋深多寂寞，放怀处处华纯浓。

血燃似火情深厚，经冬历夏再重逢。

二〇一八年十月二十七日

红　枫

醉看秋色靓星枫，

暖树高阳洒影红。

此地花神堪寂冷，

豪斟酒燃万片鸿。

二〇一八年十月三十日

残 荷

秋朔萧萧过荷塘，叶枯梗直见凄凉。

回望夏日花红粉，犹忆蛙鸣唱晓光。

莫看蓬头菱不举，晔华水下玉莲长。

冬迎春雨风和煦，又是澄波碧翠乡。

二〇一八年十一月二日

马踏湖①

春秋会盟马蹄重，万亩芦花漾楫轻。

浩荡白莲盛夏景，扶摇蒲苇壮秋情。

东坡诗卷锦罗缎，五贤书开高义声。

北国一泓江南水，葭光渔色洞庭风。

二〇一八年十一月四日于桓台

【注释】

①马踏湖：位于山东省桓台县东北部，山东省风景名胜区。素有"北国江南，鱼米之乡"誉称，盛产苇、蒲和苇蒲制品。

193

初冬早晨

青女司寒不留香，
林草田苗夜着霜。
繁柿枝头遮鹊影，
露珠初照太阳光。

二〇一八年十一月九日

忠义将军

——再访杨虎城将军故居有感

刀客立志闹海江，守城功罪不思量。
逼蒋抗日骊山下，虎将柱天威名扬。
披肝忧愤国危近，沥胆尽抛驱倭肠。
囹圄冤沉英雄志，碧血丹心忠义长。

二〇一八年十一月十日

生死之交

——参观蒲城林则徐纪念馆①有感

清廉爱国有忠臣，生死之交义薄云。

弱暗朝廷昏不醒，香江怎可让英伦！

名相生恨不逢时，谏阻劝君尸奉陈。

少穆怀恩守心丧，虎门销烟凛然人。

斗拱飞檐今犹在，先贤佳话千古存。

二〇一八年十一月十一日

【注释】

①林则徐纪念馆：位于陕西省蒲城县城内杈把巷六号，又称王家大院。

鱼　梁①

壮胆走鱼梁，

岭上雪苍茫。

玉树琼枝暖，

不知寒与凉。

二〇一八年十一月十八日

【注释】

①鱼梁：骊山上一条形似鱼脊的山梁，狭窄险峻。

195

风 华

——纪念上山下乡五十周年

日月如梭五十年，发展变化地翻天。
历史翻过厚重页，往事如烟梦里牵。
青春激情似火燃，上山下乡天地宽。
毛选四卷壮行色，扛起背包竞争先。
卡车一路歌豪迈，队长接来新社员。
锅灶支起学做饭，烧炕曾将被褥燃。
晚上队里常开会，白天拉车汗驱寒。
照明没有煤油点，吃饭断粮薯当餐。
乡亲关爱真情暖，艰辛也有苦中甜。
民兵韩城修铁路，移山填沟不畏难。
麦场曾耐毒日晒，棉田锄地汗湿衫。
耕耘时节望天远，收获喜悦满大田。
三年劳动得锻炼，心驻小村不了缘。
改变面貌跟党走，个人命运与国连。
饮下酸甜苦辣酒，何须夜思长与短。
且看后来老三届，改革开放做中坚。
艰苦奋斗志如铁，牺牲奉献心自甘。
紧跟时代不停步，学习图强自扬鞭。
工作任劳又任怨，攻坚克难冲在前。
崇尚俭朴忌空谈，脚踏实地尚实干。
平凡岗位常自勉，荣辱得失放一边。
疾恶如仇存正义，宽容感恩有赤胆。
生活风雨含笑过，家国责任勇承担。

而今岁月催人老，神州富强心畅欢。

回首细品伟人语，学问就在田野边。

一代赤子多舛运，丰碑已铸山河间。

二〇一八年十一月十五日

附种受命原诗：

读金渭生同志上山下乡五十年

漫从君诗觅旧踪，翻开往事一重重。

青春梦远风尘厚，歌赋情深韵味浓。

岁月匆逝犹有忆，人生大写当无穷。

黄昏不碍风景好，夕阳桑榆影也红。

芦 花

岭接天光白，

银花迷雉飞。

霜寒入冬岁，

日影曳旌晖。

二〇一八年十一月二十二日

冬日念秋

我欠秋天一首诗，风趋金叶韵犹迟。

霜寒不碍芽床暖，春煦枝头绽玉姿。

菊月沁心丰收酒，牡丹粉荷醉耘时。

莫追无影南飞雁，鹅鹳鸣和伫雪思。

二〇一八年十一月二十七日

【附记】

一日偶尔看到春秋诗社文苑群老师在群里布置练笔，七律，以"我欠秋天一首诗"起句，押"诗、迟、姿、时、思"，不得调序。遂试作如上。

附诸友和诗：

梁雅玲原诗：

我欠秋天一首诗，枫林难抵冬韵迟。

乌鸦筑巢攀树暖，柿子干头弄舞姿。

麦田添绿碧辉映，菊花站姿正娇时。

落叶铺床静待春，金蛇入洞梦雪思。

张萍原诗：

（一）

我欠秋天一首诗，落叶纷去赋来迟。

天鹅西来追阳暖，翩翩起舞展玉姿。

莲蓬含羞半露面，芦苇摇曳迎风时。

莫叹岁月无奈去，四时轮回嵌相思。

（二）

我欠秋天一首诗，夕阳斜下观荷迟。

花自飘零藕自去，残叶孤影倔立姿。

曾是扶花绿枝叶，冬来寒风独寂时。

不畏化泥待春来，一身傲骨引人思。

李连尊原诗：

我欠秋天一首诗，跃然纸上臆迟迟。

蝉鸣月夜犹萦耳，雁舞长空留倩姿。

香桂玲珑藏艳语，红枫炫目浸霜时。

无边落叶悄悄下，甘做芳泥寄暮思。

熊泽沛原诗：

故园

我欠秋天一首诗，年逾古稀握管迟。

北去湘江碧空尽，红叶麓山展雄姿。

洲头橘子枝上挂，纤手采摘正当时。

落叶他乡银杏树，心念故园静夜思。

家园

我欠秋天一首诗，晚起晨练日已迟。

蚂蚁归去无踪迹，灰椋飞来有千姿。

池鱼水浅难为继，落叶风凉自有时。
莫道家园方寸地，一样春秋惹人思。

王帮奇原诗：

我欠秋天一首诗，岭南大地冬来迟。
山清水秀花似锦，万紫千红展新姿。
改革开放前沿地，处处如春正当时。
众友诗篇读不尽，北望长安寄情思。

王建民原诗：

我欠秋天一首诗，南飞北雁归来迟。
霜叶缤纷惜阳暖，荻花摇曳叹春姿。
鲜媚桃夭常拂面，盛言梅艳傲雪时。
不老苍穹情难去，暂凭杯酒慰相思。

李奇原诗：

我欠秋天一首诗，今日提笔意未迟。
街头菊花留情影，山中枫叶露靓姿。
平湖已经纹波起，垂柳依旧青春时。
分隔不再空望月，轻轻一滑送相思。

200

桥 山

——陪友人再谒黄帝陵有感

彩凤翔东，玉仙西行。

南卧吉虎，北腾巨龙。

沮水如镜，古柏苍葱。

黄帝始祖，肇造伟功。

绵绵千年，光昌文明。

山河浩荡，万姓归宗。

香火不绝，代代传承。

今日华夏，党引振兴。

艰难险阻，斩棘披荆。

光明大道，业振寰中。

十四亿众，共襄共荣。

继古开今，辉耀天穹。

二〇一八年十一月二十八日

201

大道正行

——参观陕鼓气体、水务项目有感

市场吹来八面风，陕鼓择路特立行。
卖奶须付养牛苦，计利当念久久功。
三分天下合力鼎，制造服务和运行。
心高谋篇布局远，喜待年年捷报声。

二〇一八年十一月二十九日

【附记】

　　为让退休职工了解陕鼓发展战略落地情况，公司组织部分退休职工参观了渭南陕鼓气体公司和临潼污水处理厂。渭南气体公司是陕鼓投资五亿多元在华州陕化工业园区建设的主要服务于陕化的气体项目，目前满负荷运行。陕鼓在全国运行的已有九个气体项目，既满足了用户需求，也将为企业带来长期稳定的收入。临潼污水处理厂属陕鼓水务公司专业化运营管理的项目，两期工程已具备每日处理五万吨污水的规模，服务覆盖区域达到二十多平方公里，排放水质达到国标一级A标准，也已进入良性循环状态。

冬日之美

麦垄披霜发根长，火晶凌寒泛红光。
芦花摇曳葭荒远，喜鹊巢边唤晓阳。
大地萧疏冬蕴暖，万物勃勃蛰龙藏。
你看桃园修枝剪，苞芽已待春雨扬。

二〇一八年十二月八日

探 月

——贺嫦娥四号成功发射

月宫深藏静谧园，

嫦娥今夕欲缠绵。

鹊桥搭就通幽路，

玉树琼枝丹桂妍。

二〇一八年十二月八日

河滩会①

祖风荡漾漆河岸，古会绵昌四千年。

循季依时勤苦作，丰收物贸念先贤。

亘古民命拜天地，后稷教稼开纪年。

古道新篇相照映，田野蓬勃兴无前。

二〇一八年十二月十五日

【注释】

①河滩会：武功县东河滩物资交流会，是关中西部为纪念农业始祖后稷而形成的传统古会，于每年农历十一月初七至十七举行。每年此时可谓人山人海，祭农神，庆丰收，学经验，物资交流，并有歌舞、戏剧等助兴，十分热闹壮观。

挂面村

户户门前悬瀑群，
丝丝拂金又流银。
笑裁卷扎装箱运，
戏嗔南方催货频。

二〇一八年十二月十五日

筑　梦
——庆祝改革开放四十周年

春潮奔涌四十年，神州大地换新天。
披荆斩棘改革路，风雨同舟越险滩。
亿万儿女齐奋起，华夏磅礴卷巨澜。
开拓创新不停步，科学发展捷报传。
拼搏愈奋英雄志，信仰信念信心坚。
红旗引领筑梦路，辉煌东方壮丽天。

二〇一八年十二月十八日

204

晨 曦

天幕初开挂启明，
山边浓淡抹红橙。
晨光正绘层林影，
喜鹊早登枝上鸣。

二〇一八年十二月十九日

汉王槐

雨雪风霜两千年，
根深苍勃九人环。
若非树影鸿门眼，
难说后来汉江山。

二〇一八年十二月二十七日

【附记】

　　相传"鸿门宴"之后，刘邦逃到骊山脚下迷了路，眼看追兵将至，情急之下藏于一棵大槐树后。成功躲过追兵的刘邦又累又饿，在树下睡着了，睡梦中一白衣老者自称槐树之神，为其指点了回咸阳的道路。醒来后，刘邦连忙向槐树作揖，发誓他日若得天下必封赏此大槐树。刘邦登上皇位后，想起大槐树救命之恩，即封其为"护王槐"，老百姓又称其为"汉王槐"。

蜡　梅

北风吹动雪花开，
清骨含香蓦地来。
数九望春头一朵，
凌寒竞放照楼台。

二〇一八年十二月二十八日

晨山行

清月映寒星，
雪辉溪路明。
晨寥松竹静，
送岁喊山声。

二〇一八年十二月三十日

编后语

　　我是老三届初六八级的，下乡插队三年后进入陕鼓集团工作。上班时忙忙碌碌，二〇一二年退休以后有了闲心，开始琢磨文字。由于上学少，文化水平低，诗词写作知识也没有学过，但感觉诗歌这种形式简洁顺口，随机方便。我开始把生活中的所见、所感、所悟用诗歌的形式记录下来，自娱自乐，就算是顺口溜吧。虽然写的诗歌很不规范，多是生活中的即兴之作，很肤浅，但都是真情实感。

　　感谢这个伟大的时代，我们这辈人经历了祖国波澜壮阔的发展历程，见证了国家和人民在党的领导下艰苦奋斗，改变贫穷落后面貌，一步步走向繁荣富强的过程。伴随着时代的进步，我们过上了上辈人甚至我们自己都想象不到的幸福生活。退休后，我和朋友经常爬山，也有机会出去旅游，更多地亲近大自然，了解所到之处的历史文化、风土人情，乐在其中。今年是中华人民共和国成立七十周年，亲身经历使我们更加热爱伟大的祖国，更加珍惜来之不易的幸福生活，更加满怀信心地憧憬我们中华民族光明的未来。

　　二〇一八年，我们刚刚庆祝了陕鼓集团成立五十周年，我是跟着这个企业成长起来的。陕鼓把我从一个懵懂青年培养成一个合格工人、一名管理干部，给了我今天的生活条件和环境。数十年来，领导和同事们给予了我各方面的关心和帮助，感恩陕鼓，祝愿我们的企业更加兴旺发达！感恩所有帮助支持爱护我的人们，祝你们工作顺利，身体健康，阖家幸福！

　　去年年初，我曾把近几年发在微信朋友圈的这些诗歌整理成一本册子，

取名"草露集"，分别送给了一些亲人和朋友，意在留念而已。没想到引起了公司领导和一些同事的关注，他们希望能将我的作品分享给更多的读者，我闻之惶恐之至，但也只好应命。这次把去年新写的诗歌一并整理出版，还是叫它"草露集"吧。它就像山间小径草叶上的一滴露珠，把它奉献给大家，还望得到朋友们更多的批评、指教和帮助。

在此，非常感谢著名书法家张天翔先生为本书题写了书名，恰似蓬荜生辉，使本书增色不少。同时，公司原领导印建安同志在百忙之中为本书作序，感激感谢之至！序言中他对我以往的工作给予了极高评价，深感有愧。我只是在公司做了领导安排的一些具体工作而已，都是本职本分。公司领导和同事以及朋友们的支持、帮助和鼓励，也让我增添了将这些不成熟的文字晒出来的勇气。书中诗友和所涉及的人都是我的同事和朋友，与他们的交流交往使我获益良多，在此一并致谢。

金渭生

二〇一九年六月十日